2021
中国少数民族
文学之星丛书

和长江聊天

张远伦 著

作家出版社

图书在版编目（CIP）数据

和长江聊天 / 张远伦著 . -- 北京：作家出版社，2021.11
（中国少数民族文学之星丛书·2021年卷）
ISBN 978-7-5212-1533-5

Ⅰ.①和… Ⅱ.①张… Ⅲ.①诗集-中国-当代 Ⅳ.①I227

中国版本图书馆 CIP 数据核字（2021）第 185246 号

和长江聊天

作　　者：张远伦
责任编辑：史佳丽　李亚梓
特约编辑：刘　皓
装帧设计：孙惟静
出版发行：作家出版社有限公司
社　　址：北京农展馆南里 10 号　　邮　　编：100125
电话传真：86-10-65067186（发行中心及邮购部）
　　　　　86-10-65004079（总编室）
E-mail:zuojia@zuojia.net.cn
http://www.zuojiachubanshe.com
印　　刷：三河市北燕印装有限公司
成品尺寸：152×230
字　　数：90 千
印　　张：16
版　　次：2021 年 11 月第 1 版
印　　次：2021 年 11 月第 1 次印刷
ISBN 978-7-5212-1533-5
定　　价：45.00 元

作家版图书，版权所有，侵权必究。
作家版图书，印装错误可随时退换。

编委会名单

主　任：邱华栋
副主任：彭学明　黄国辉
编　委：
霍俊明　付秀莹　颜　慧　刘大先　舒晋瑜
周　芳　杨玉梅　陈　涛　刘　皓　李　婧

以民族的情意，打造文学的星辰

——"中国少数民族文学之星"丛书总序

邱华栋　彭学明

"中国少数民族文学之星"丛书是中国作家协会少数民族文学发展工程的一个新项目，于2018年开始实施，由中国作家协会创作联络部具体组织落实。出版"中国少数民族文学之星"丛书的目的，是重点培养少数民族文学中青年作家，打造少数民族文学精品，为那些已经在少数民族文学界和全国文学界成绩斐然、广有影响的少数民族中青年作家再助一力，再送一程，从而把少数民族文学最优秀的中青年作家集结在一起，以最整齐的队伍、最有力的步伐、最亮丽的身影，走向文学的新高地，迈向文学的高峰，让少数民族文学的星空星光灿烂，少数民族文学的长河奔流不息。以文学的初心，繁荣民族的事业；以民族的情意，打造文学的星辰。

入选"中国少数民族文学之星"丛书的作家，必须是年龄在50岁以下的、在少数民族文学界和全国文学界广有影响的少数民族作家。不管是否出版过文学书籍，只要其作品经过本人申请申报、各团体会员单位推荐报送、专家评审论证和中国作协书记处审批而入选的，中国作协将在出版前为其召开改稿会，请专家为其作品望闻问切，以修改作品存在的不足，减少作品出版后无法弥补的遗憾。待其作品修改好后，由中国作协统一安排出版，并进行广泛的宣传推广。

中国是一个多民族的大家庭。每一个民族都沐浴着党的民族政策的光辉、感受着党的民族政策的温暖，都在党的民族政策关怀下，蓬勃发展，欣欣向荣。在这个伟大的新时代，我们正创造着中华民族的新辉煌。每一个民族的发展与巨变，每一个民族的气象与品质，都给我们提供了生生不息的创作源泉。我们每一个民族作家，都应该以一种民族自豪感，去拥抱我们的民族；以一种民族责任感，为我们的民族奉献。用崇高的文学理想，去书写民族的幸福与荣光、讴歌民族的伟大与高尚；以文学的民族情怀，去观照民族的人心与人生、传递民族的精神与力量。

我们期待每一位少数民族作家，都能够到火热的生活中去，到广大的人民中去，立心，扎根，有为，为初心千回百转，为文学千锤百炼，写出拿得出、立得住、走得远、留得下的文学精品。不负时代。不负民族。不负使命。

目 录

精神测绘与诗歌认知学　　霍俊明　/1

第一辑　收养漩涡的人

　　　　连线　/3

　　　　画水　/4

　　　　中音　/5

　　　　轨迹　/6

　　　　漩涡　/7

　　　　顶礼　/8

　　　　水位　/9

　　　　滩涂　/10

　　　　低吟　/11

　　　　孤岛　/12

连通 /13

燕子 /14

烟囱 /16

过江 /17

刻度 /19

拜谒 /20

阻隔 /22

远水 /23

戏水 /24

天门 /25

激荡 /26

拜瓜 /27

数鸟 /28

听啸 /29

观澜 /30

看瓦 /31

弄花 /32

逢春 /33

闻香 /34

点水 /35

坐忘 /36

立身 /37

转石 /38

手势 /39

步道 /40

猫眼 /42

芭蕉 /43

鬼针 /45

音速 /46

警戒 /48

欠身 /49

卵石 /50

密道 /51

棕榈 /52

水源 /53

赏荷 /54

第二辑　　星群隐居在水中

晚安，孩子 /57

洪水中的三角梅 /58

头顶之上有什么 /59

寺门外 /61

美好的一天开始了 /62

上班路上 /63

三只壁虎 /64

过江轻轨 /65

换一块土地隐居 /66

水陆空　/67

放生仪式　/68

大雾奔跑　/70

红皮火车　/71

关系　/72

空椅　/73

老竹　/74

容器　/75

取酒　/76

人世幼虾图　/77

扒开荻花就有一条路通往长江　/79

夜过龙凤寺　/80

水苦荬　/81

命名隐云亭　/82

和渔获者谈及孤独　/83

"涟漪"新解　/84

像大河走失于星球　/85

夜色中的南滨路　/86

河长是谁　/87

不要和路人成为朋友　/88

雀稗草的雀　/89

铁丝网上的月季好久没开了　/90

城市的小溪汇入大河　/91

大地的裂隙　/92

拍摄：抽象的永恒　/93

小年夜：献祭　/94

黄昏是天地间的老母亲　/95

我的异名者出现在河滩　/96

雪见草的一生没见过雪　/97

望江之一　/98

望江之二　/99

望江之三　/100

水幕　/101

从背面看鸿恩阁　/102

音乐喷泉　/103

石头落入小潭　/104

水的消失　/105

对水光的安抚　/106

微漾与微恙　/107

更多大水在晕眩　/108

孤舟与虚无　/109

隐居水中的星群　/110

面状蓝形成记　/111

第三辑　预言连绵经过我

白鹭从江湾飞出　/115

双鱼座沙洲　/116

跟踪喜鹊记 /117

五条路 /118

找蟹 /119

去看下刺桐 /120

独坐江心洲 /121

白蝶在小女孩的语调上飞 /122

放飞 /123

枯苇 /124

暮光之江 /125

草露头 /126

鸟落沙脊 /127

静置于一枚长江石上 /128

迷梦 /129

暗扣 /130

笛音 /131

间奏 /132

逆流 /133

苍鹭 /134

葬礼 /135

纸鸢 /136

借力 /138

玩沙 /140

塔吊 /141

问候 /142

码头 /143

隐石 /145

大桥 /146

野泳 /147

云朵 /148

插叙 /149

苹果 /150

游戏 /152

力量 /153

一个诗歌命名者的困境 /154

从信念到信仰只差一次试飞 /155

水落沙洲出 /156

两个半岛的婚礼 /157

同类 /158

致沙滩 /159

沙是风能吹动的沉寂 /160

沙漏 /161

芦苇丛中 /162

大片芦苇地睡着了 /163

玩淤泥的孩子 /164

沙的注释 /165

语言的迷宫 /166

安身立命的沙棘 /167

栽芦苇 /168

《春江晚景》新译　/169

神秘感　/170

拙石颂　/171

卖一顶草帽　/172

第四辑　追风逐雨

放风声　/175

追风者　/176

风过影　/177

听风寺　/178

顺风论　/179

逆风论　/180

风筝颂　/181

风翻书　/182

风祷告　/183

风举叶　/184

风中登高演习　/185

风的投名状　/186

爱是风中秋千　/187

风中有鲸飞行　/188

风从虎口穴来　/189

花径上我们带起微风　/190

风和我一起坐在长江边　/191

与风言 /192

逐雨者 /193

为雨称重 /194

躲雨人 /195

大雨落长江 /196

雨之善 /197

雨来了 /198

雨的滴眼液 /199

试雨人 /200

檐下的雨很快形成一帘 /201

借雨人 /202

雨打钢轨 /203

春雨浇灭了香头的火星 /204

雨的关键词 /205

写雨 /206

雨的布道 /207

雨的预言 /208

一滴雨赶去长江照镜子 /209

长江是巨大的雨刮器 /210

雨法 /211

挽留一颗雨珠 /212

雨调 /213

雨花开 /214

第五辑　　和长江聊天

击浪　/217

吃水　/218

洗礼　/219

七星洲　/220

栅栏　/221

花非花，果非果　/222

暮色中洗石头　/223

白给自己看　/224

独鹳　/225

圆晕　/226

尽头　/227

聊个天　/228

取水　/229

草地上搭起最早的帐篷　/230

石鲸　/231

鱼眼石　/232

一瓶水的仪式　/233

沙泉　/234

蟹屋　/235

精神测绘与诗歌认知学

——关于张远伦的"长江抒写"

霍俊明

区域文化空间、现实景观和个人生活形态给每一个时代的诗人都提供了常写常新的话题。大体而言,一个诗人一定是站在特定的位置而非以随机的站姿来看待身边事物以及整个世界的,"我从大雾中过滤出来／寂然不动,忘了自己的生物属性／符号一样站立在低空的阳台上"(《大雾奔跑》)。经由这些空间、角度以及取景框,诗人所看到的事物就与纯粹的客观物发生了差异。由同时代诗人观察环境以及想象世界的方式,我们几乎不约而同地注意到了诗歌中的空间充满了多层次的不可思议的差异性。

此次聚集于《和长江聊天》的诗作再次印证了张远伦作为一个诗人的视野和襟怀,这是诗人与"长江"的契约精神的呈现。当传统的扁舟和夜航船被轰鸣的机轮、高铁和空中飞行器所替代的时候,当自然之物与时代景观并置在一起的时候,一个写作者经由"江畔的阳台"的视角,经由个体的日常生活境遇,他最终打开的却是细节和宏阔相容的特殊精神视界——

在江畔的阳台上，我用巨大的心胸

养着一个单纯的女儿

和一枚高悬的星球，还有两盏

警示之灯，代替我

向所有夜航船发出无声的问候

——《连线》

在一定程度上诗人更类似于夜空中的孤星，是独自闪耀的精神共时体。更为确切地说，诗人在面对细节、事物、场景以及空间的时候，更多情势下是针对自我和存在的对话，是终极的时间命题本身的一次次叩访与探询，"江水用尽了我的思考，缓缓地退去／真是贫穷得只剩下时间了，沉迷于低微和消散／只有这个声部，才是询问／水线卷曲了一下，空响震颤了复活的黄昏"（《低吟》）。所以，具体到张远伦的"长江抒写"，他带来的更多的是"中音"和"低吟"以及"尾音"，而非高音区的"假声"。

在张远伦的这些关涉长江的文本中，我们一次次目睹了波浪、漩涡、水纹、江面、水位、水线、河床、石头、河滩、滩涂、沙洲、半岛、孤岛、城市、船只、小舟、夜航船、缆车、高架桥、水鸟、天空……诗人更多是站在黄昏或夜色中——背景更接近于秋天般的深邃，因此他提供的更多的是过渡的、不确定的事物，"要是黄昏不来驱赶我／我会一直坐下去。空旷还在扩大／绝望还在炫耀着美／起身而立，又把自己／拯救了一次"（《坐忘》）。这印证了诗往往是不确定性的产物，诗人是一次次地提出问题而非解决问题，"这个午后，面对莫测的异类／我又屈服了一次"（《数鸟》）。

循着"长江"这一话语场域以及分布其上的小点以及点和点之间构

成的线、面、体和大大小小、形形色色的空间，我们看到了一个诗人面对自我以及现实、历史的多向度的精神路径，"我独坐于水陆分界／做一个裁剪水面的人"（《轨迹》）。每一个写作者都有现实境遇和想象融合之后的精神地图，这是对视和深度凝视之后的特殊产物。这些地图不再只是一个个点或一条条细线，而是实体和记忆结合之后产生的命运共同体。在真正具有精神效力和写作活力的诗人这里，"地图"不再是摹本或镜像，而是属于生命本体和精神测绘的再次创设与发现，这是特殊的诗歌认知学。那些地图上显豁的或者近乎可以被忽略的点和线是有表情和生命力的，是立体和全息的，是可以一次次重返、抚摸和漫游的。质言之，诗人完成的是真正意义上的事物再现和精神还原相融合的过程，这是精准的精神定位和不断容纳异质物同时进行的过程。由公共空间、私人空间以及世俗时间、精神时间兼具的诗人地图测绘和认知出发，这一切既是现实的又是虚构的，既是空间的又是时间的，既是地方的又是世界的，既是记忆的又是涣散的。诗人必须重新认知自己的位置并重建精神空间和秩序，以认知、感受、理性或超验来面对现实情势和整个世界。

围绕着长江，张远伦重新提供了一份精神测绘学意义上的空间图谱。这一地方性知识显然是建立于个人化的历史想象力和语言的求真意志的基础之上。诗人对它们的揭示和发现并不是来自于固化的知识和刻板经验，也不是抽空的浮泛化的抒写或评骘，而是来自于个体的情感真实、想象真实以及语言真实的无缝融合和深度对话，"正好，我的宿命就是。偶尔的嘶哑，来自爱"（《中音》）。这使得"长江"同时携带了个体性、现实感、历史性以及语言诗性的精神载力。质言之，张远伦的"长江抒写"既是元地理层面上的又是个体主体性和精神标识意义上的，"常常是用来标识与所有作品或生产者相关的最表面化的和最显而易见的属性。词语、流派或团体的名称专有名词之所以会显得非常重要，那是因为它们构成了事物：这些区分的标志生产出在一个空间中的存在。"（皮埃尔－布迪厄《艺术的法则——文学场的生成和结构》）

值得注意的是，张远伦诗歌中的"长江"空间不是封闭的而是开放的，不是静止的而是流动的。卡尔·波普尔将社会区分为"封闭社会"和"开放社会"。细究一下当下时代的交通、物流和通信网络，我们就会发现原生、凝固、静态、稳定、循环的前现代时间以及"冷静社会"已不复存在，"时间恒定不变，就像一个封闭的空间。当某个更为复杂的社会成功地意识到时间时，它的工作更像是否定这个时间，因为它在时间中看到的不是一掠而过的事物，而是重新回来的事物。静态的社会根据其自然的即时经验去组织时间，参照的是循环时间的模式。"（居伊·德波《景观社会》）

具体到张远伦的"长江抒写"而言，"词与物"的关系不只是单纯语言学与个人修辞能力上的，更与整体性的个人感知、写作伦理、历史背景、文化地理不无关联。

在被抽动旋转的陀螺般的物化时间维度中，诗人一直站在时间的中心说话，或者更确切地说诗人是站在精神的维度和历史的维度开口说话，说出茫然、惘惑的"万古愁"，说出不可说的秘密或事物的内核纹理。

> 所以在今晚，我决定
> ——不再对抗时间，做一个
> 逝者，抑或被遗弃的人

2021年5月底改定，北京

第一辑

收养漩涡的人

连 线

两叶扁舟,停泊在长江的水纹上
分别亮起一盏红灯,和一盏绿灯
夜空中的孤星
以光泄露的形式,参与到江面上来
占据了辽阔的一半
降落重庆的飞机看不到机身
只有尾灯闪烁
有那么一瞬,这些发光体
被小女孩的视野囊括进来
我拥着她,她伸出手
指认这四星连线的奇观
在江畔的阳台上,我用巨大的心胸
养着一个单纯的女儿
和一枚高悬的星球,还有两盏
警示之灯,代替我
向所有夜航船发出无声的问候

画 水

孩子，我们去长江上绘制波浪，好吗
从北滨路起笔
到南滨路收笔
你画出的涟漪，一波一波地
形成了涛声
撞击在我的胸口，如此温暖
而又熨帖啊。孩子，我们带着波浪
回家吧。我的后背
是你新的画板，和江面
你在我的布衣上
挠了又挠。世界上最简单的艺术品
又是最深邃的：把一横掰弯，延展一下
再把一横掰弯，拖曳一下
最后，用眼睫毛
擦拭一下
哦，世界上最杰出的艺术品
是一个小女孩
在我的人生哲学里，熟睡
你听：睡得多么像是我的回声

中 音

大水吃掉了所有情节，吞咽了所有思想
唯有鸣笛声，成为倾诉
这些男中音须得一个空洞的共鸣腔
正好，我的宿命就是。偶尔的嘶哑，来自爱

轨 迹

火车开走了,剩下铁轨来安慰我
火车南站会成为一个古老的孤儿
造物主预留下我们,也就是遗失了我们
我们都在逐渐被废弃
两纵千横,我能道出的极限仅止于此
它们一节推动着一节形成了曲线和动感
没有停下来的意思,长江顺势避开
更远的天空敞开,用虚幻的容量
召唤成渝线,去铺张
去搭建隐隐约约的通天梯
鸣笛声曾经动荡过的那些波浪已然平息
天气正好,我独坐于水陆分界
做一个裁剪水面的人,这柔软的襁褓
朝我围绕过来,包裹过来
似乎凸出的九龙半岛和我,在人间尚年幼
而无尽的风尘正要袭击我们

漩 涡

长江用宽阔的河床，哄漩涡入睡
江之城，就是江面的镜像
那些旋转的形象和声音，及其消弭
都在前胸的银镜上完成
我是那个收养漩涡的人
死亡，是成年的那一朵，而活着
是少女那一朵。一朵漩涡紧逼一朵漩涡
最后的漩涡逐渐缩小，变形
下潜，成为大河的嗓子眼
我在那里对人世说出的最后语言
是一个咕噜。嗯，遗言也是这样
没有内容，短暂的
绝命音之后，一切平滑如初
一滴水到一朵漩涡的距离
还有三千里啊，正好，我先眯一会儿

顶 礼

龙凤寺一半在悬崖之上,一半在水面之上
巨石匍匐,模仿人为顶礼

那个跪拜于蒲团之上的老者
白发轻扬,定然有一些身后事需要加紧祈祷

而我平静无事,行走于空悬的廊道上
也有一些发软和心虚

长江流行至此,包容着天下盛衰和人畜骸骨
我们需要为所有消失,给个说法

所以诵经、梵唱,凡是大悲都是乐声
我所听到的每一粒都是汉字的雨露

其实我只是为了找一个绝境看江
大河与我前额平行,唯有误入此地可见

水 位

我的身体上有一个洪水位和一个正常水位
悲伤和愉悦,之间,隔着一场天灾
爱与欲,之间,隔着一个河滩
我将自己上唇的洪水位抹去,又把正常水位
提了又提,诚如神之所见,它位于下唇

滩 涂

青草被踩蹦之后，可以站起来
这些天然的弱者在庚子年大洪水中
被淤泥覆盖
而又一株株地突破灭顶之灾
露出本身最为鲜嫩的身骨
河滩上的水鸟，曾以青草为审美素材
编制的隐秘之巢
可为雏鸟的第一次试飞借力
一段时间，我忧心于滩涂的板结
又欣喜于缝隙里的点点绿意
再次目睹群鸟的身姿或许要明年了
它们娇小，独自掠飞时
几乎毫无痕迹，像春天向夏天转承时
一个若有若无的虚词
可它们集体扑棱而起的气流
足以令无数青草向长江荡漾开去
飞过我的头顶时，还有细微的绒毛
和抖落的草叶在旋转
我仰着头，试图看清那些意外的飘零
而又倏忽不见，天空复归寂寥

低 吟

江水缓缓上涨，水线是一根逐渐变粗的低音弦
激烈却又低沉的金属声
不知受到了谁的弹拨。我就坐在九龙滩边
等着捕获那弦断之时虚无的尾音
江水用尽了我的思考，缓缓地退去
真是贫穷得只剩下时间了，沉迷于低微和消散
只有这个声部，才是询问
水线卷曲了一下，空响震颤了复活的黄昏

孤 岛

一个孤岛在大水中小憩
我常常觉得它是天地之间的婴儿
它柔弱,随时可被淹没
而又倔强,随时可以潜水出来
和我遥相呼应,它浅显得
仅供安置一叶指示航线的小舟
垂暮,孤岛退守黑暗
成为剪影,和水面上的斑点
小舟上的蓝灯宛如沙洲的瞳孔
异质、穿透,成为永夜之灵
和它们对视,光力恰好
伤害不了我而又不显得暗淡
我并不孤独,却又在处境上
和它有无法言喻的相似
周遭浩瀚,我还不知道何以浩瀚
星空缄默,大河沉寂
所有存在都是先验
却拒绝向我告知

连 通

人间是个无限的连通器

以流域、海域的形式互相抚慰

我以落差吻你,以水平待你

平静时无需厌倦,跌宕时无需忧伤

燕 子

她在空房子的玻璃上扑腾
撞上去，又落下来
她的出路是幻境，而她执迷于此
她精疲力竭，没有余力
于我的掌心挣扎
当我捉住她轻柔的翅翼
她竟然温顺地敛翅，但足下
依旧把我的皮肤抓得很紧
那微热的体温，与人毫无差别
女儿抚摸了她，欣喜莫名
我把她带到阳台，摊开掌心
她振翅而起，全无倦怠
瞬间便消失于江上的天际
一个月后，我在另一个阳台上
迎来一只燕子，她探头
观察我们，女儿试图靠近她
招呼她，而她滑翔而去
从此再无踪迹。这只燕子
与我放生的那只，一个模样

但落单，被困，逃逸的燕子
与燕群中飞来的侦察兵
肯定不是同一只
弱者与天使，也不是一个意思

烟　囱

我所看到的烟囱，是圆和圆的内径
火焰决定了建筑的美学
而不是一块砖头
我把自己落在虚处，烟囱仅有外围是不够的
它围起来的空，不断缩小
顶层的天眼宽不盈尺
我的空白，被困在烟囱里
它的投影落在江里，远远地漫漶不清
我恰好站在背对暮光的角度
烟囱是多余和无用的，但这是
艺术和象征主义，我迷恋这些空茫的东西
尤其是这个时段，女儿坐在我肩头
像是火焰顶着火苗缓缓地走过

过 江

缆车其实更像是一个囚形车

塞满了人

而我想象这里只有一个人

独自蜷缩

空舱里填满的是江风

和我的幻象

空舱的外层有更大的空舱

那是长江上的低空

距离波涛只有一次小小的坠落的距离

我所能感受到的更大空舱

只能是天际了

如还有，定是那被称作爱的

飘渺的东西，很辽阔

却又不可捉摸

没有形状和容积

它包含了一切：生存，繁衍

和泪水。以至于

我一想到这个词，缆车

就失重般摇晃

我也因为这个词的侵袭
在这看得见的逼仄空间里
趔趄了一下

刻 度

在大海，我的安全刻度是海平面
在江天，我的安全刻度是你的前额
委屈地活着
狂放地活着，一样只需要一个刻度
它意味着在企及，和守恒

拜 谒

我悬空而行，借助一条钢索
像是一个拜谒神灵旧居的俗人
雾都并不干净
但住在高处的物象并不嫌弃
它不过是在城市的外层空间
黯淡一点，把自己当成高处的隐士
我分别路过晨光、暮雨
它们轻柔而又无所欲
不是我要寻找的险绝之物
鹊鸟群起，不过是我的常用词
换一种方式飞翔
在蓝幕上俯拍渝中半岛的无人机
受他者遥控
代表了科技审美的内心
我渐渐减速，抵达南岸
从缆车里一跃而下
仍旧没有撞开高天的仙门
作为一个天马行空而又笨拙的孩子
我真的需要再次去

把长江之上的穹宇刷新一遍
当我静默下来,江水低语
我供奉着自己的身骨
闪着微光,踉跄归去

阻 隔

我在江北大剧院
夜色中，对岸的南山黑而凝重
是张枣诗中的南山么？我和一个逝去的诗人
一江之隔。这一隔
约等于一口呛水，一次窒息
我是你的一瞬间的复活，像银鱼的气泡中
最绝望的那颗

远 水

骨髓里的秋天和表情上的秋天
是一样的
一个字就可以道尽
——远
江水之远,幼鱼得知
未来之远,我的孩子们似乎已经知道
骨髓里的颜料
刚好可以描绘一幅抽象画
而表情上的颗粒
有些旷远的稻菽气息,属于
印象派的田野表达
——真远啊
江畔为家,山泉所为何来

戏 水

你的眼角,就是我的长江源
那些缓慢渗出的水珠
是所有爱与善的原始
你看到别的孩子赤足入水
也命令我脱掉你的鞋子
你看到别的孩子在浅水中转圈
你也央求着要转圈
你的旧裙子在江风中芭蕾裙一样
新奇地展开,你还要蹲下去
把身子浸入江水中
我得赶紧把你提携起来
像是一尾鲢鱼出水
摆动的尾鳍抖起了晶莹的水珠
那么多细微的时光,簌簌而落
我们一个下午,都在大河的自然岸边
嬉戏和闹腾
在中年的避世中,我的宁静
其实也是雀跃的,就像当下
我们分贝很喧嚣,却无人报之以讶异

天 门

一个人蹲坐在天门
恰如一个拴船柱,脖颈上系着缆索
被自己的思想固定,纹丝不动
一坐就是半天
有一次我和一个诗人来此
他黑暗地杵在那里,骨骼清奇
后背略微有些佝偻
像是随便一次抛锚,就能抓住的
野生的河心隐石
这个淤泥的儿子,比我自由
他的缝隙里,可以簇生
诗句的中华蚊母
四年过去了,我还以为他
把自己遗留在了重庆两江交汇点
让我的幻觉蹚水的时候
微微感受到了硌脚。忽一日
天门被淹没,我们的影子
纷纷逃逸。那个桩子,没入水中
暗自慈航的人,有了摆渡的起点

激 荡

一个波浪对岸畔的拍击,发出金属般的当当声
这就是激荡。而后浪头被遣散
反向化为圆弧,尚未来得及重新做水
又被新的浪头推回岸畔,形成
新的激荡……我垂着头
在堤边,聆听这无望的袭击
毫无胜算的碰头,发出的哀鸣
入定了片刻。辽阔的水
屈身而行的时候,显出了它的尖锐
穿刺,退后,再穿刺,再退后
这一晚,我迷恋上大水发出的金戈之声
也忽生出一个中年的港湾来
薄弱,内向,容得下大海的呜咽

拜 瓜

枯萎的瓜藤吊起一个笨拙的老南瓜

冬日暖阳下,像个卧佛

江风起,恰好

有一个可以控制的摆幅

让瓜与蒂不至于决裂

小女孩仰着头

看瓜。微漾。悬垂。神秘的引力

将藩篱牵引出一个口子来

形成天然的窄门

她毫无迟疑,侧身就进入意外里去了

数 鸟

长江上空有些灰,一群同色系的鸟
更灰

刚刚数到"一",还没来得及念出"二"
阵形就变幻了
再次数到"二"的时候
又变了

我放弃了数鸟。转而欣赏
它们群体的回旋
哗啦,哗啦,翅尖上似有轻灵的水声

一群被我排列在深空的,飞翔的序号
顺着北风布局
这个午后,面对莫测的异类
我又屈服了一次

听 啸

天黑下来了
有一两声啸叫便是好的
不明的发声人,潜藏
在高架桥下,有些漫漶
看不清他的脸
我用沉吟回应了他,并确定
他未能听见
对他来说,我藏得更深
那一声尖锐的,和那一声裂帛的
叫声,何以如此
像是某种孤独。我继续
隐秘地品味着另一个生命
传达出的信息,并确认
不要让自己这团黑影
去把他那团黑影,撞出光
还好,我走的是岔道
身临渊薮,前路还有卡子
我由此避开了别人的悲伤
而把自己置于险境

观 澜

波,是一条大河的节奏
不疾不徐
水赶路,澜便起
我倚在栏杆上
试图弄清:是风来,起波澜
还是波澜起,风来
我得静下来
辨析一下时间,和因果
在重庆,长江是我的雾水
总有一些事物无法看清
可在冬日暖阳下
观澜久了,胸腔里便有什么
一荡一荡的
白鹭,也在一荡一荡的
和它一样,我只是
因为内心涌起了骄傲

看 瓦

黑鸟总是在孤寺的飞檐翘角上
小憩
我眼里的建筑美,小到
一片瓦,有些松动
悬出半个身骨
却一直没有掉下来
那危殆的样子
像是真正的永远
须得怎样恰好的力,黑鸟
才能令这片瓦
在空虚中保持平衡
它选择驻足在宋朝,和今天
两种时间上
我散漫前行,只是
从现在路过
它俯瞰着我活在大地上的样子
没有丝毫安慰我的意思

弄 花

目送数十辆坦克缓慢驶过
它们形成的巨大弯曲
与江湾的弧度一模一样
作为静物,它们在冬日的光影下
被和平肯定了一次
那一节一节的迷彩上
涂着此刻我思想的釉
这具有画面感的悠闲黄昏
因为军列的插叙
有了纵深
其时我正在莳弄一盆仙客来
一天的日光浴
已经令它们伸直了骨朵的脖颈
这些动静之间的秩序
属于我。眼下,我并不急于
猜中军火的去向
而对冬花的未来,有些忧心

逢 春

滩涂的新泥层有了很多裂纹

纹里有新草

绿得有些不真实

她踩在软软的地面上

并在这些缝隙间闪转腾挪

还告诫我

不要踩坏这些木地板了

泥质怎么就成木质了

我陷入孩童的思维里好久没出来

而她惊奇地喃喃自语

就没有停过

这得拜夏季大洪水所赐

冲积的淤泥,在巨大的冬天里

反季节地,为我的女儿

送来几亩春天

闻 香

江滩上的一株藿香蓟开了
小女儿轻轻地捉住它的脖子
定要让我闻一闻
"香不香?""嗯"
"不要说嗯,要说香"
"真香。"然后她放开它
花蕾上的柔须兀自抖动不息
她向更平坦的草地跑去
看到更多更大的藿香蓟
簇簇团团,白里带紫
根本就闻不过来
刚才,她握着的是藿香蓟
现在,她松开的是整个江滩

点 水

用它的细羽,给龙卷风写信
让灾难,辛丑年不再回来
在这个用于回水的滩涂,草长
鸟飞倦,我穷尽视野
捕获那些任性而又脆弱的生灵
我相信它们的蛋
就在尚未来得及转青的枯草中
"呢喃",成为它们的食物
那么轻,约等于寂静。此刻
天下苍生是:我、小女孩和点水雀

坐 忘

在自然江岸，连尸体都无限自由
潜伏于此
自觉渺小的人
不用谈及灵魂
我和一截漂泊的老木桩，并无二致
泡沫，已经自我净化
污垢们反着光
与冬阳产生了感应
要是黄昏不来驱赶我
我会一直坐下去。空旷还在扩大
绝望还在炫耀着美
起身而立，又把自己
拯救了一次
"……"，我对大江翕张嘴唇
把自己又感谢了一次

立 身

坦荡不是磨刀石,是你去年的天空
打一个滚
十里卷帙
这个宽阔的江滩,是我拥有的
前院,我们在此复杂地长草
单纯地开花,冬怅惘
夏喧嚣。所以那天空,稿笺一样
还是那么坦荡
立于此,从江水的低语中
听清一句语录,写下几行波纹
独享,是本质,我却用诗句
分享给整个世界

转 石

毛重八两,净重半斤
千里河床,打磨和推敲
一块石头的小叙事却很短
"磕碰。终。"它说
这般圆熟和光滑
只不过是石头学会了赶路
而它身上,冰川的体温
犹在,贴在脸颊上
我们互喻了一瞬
我站在这块石头上
保持着一个金鸡独立的姿势
在草地上旋转起来
像石头的种子落在大陆上
它也跟着旋转,陷落
渐渐隐没了身骨

手 势

一冬的攥紧，也不知道在愤懑什么
现在，天色好
无论近不近黄昏
只需要摊开手掌，像无所依傍的
水鸟那样
放弃利爪般的抓取
仅仅，用喙说话
其实我说出的，是沉默
渐渐地，第二个太阳
从水里跃出
翻过远山。我的十指
紧了紧，扣住了浩荡的空气

步 道

高架桥延伸着自己,在江水中立正稍息
而我不得不沿着大陆的边缘线,往未知里走

越来越寂静,穿过短暂的隧道
突然就进入大片平地了

野菊花尚未完全凋谢,在道路两侧眉眼传神
铁轨铮亮,在夜色中成为光源

独行于暗夜,必定是有什么
需要天地之间,最孱弱的那株无名草宽恕

于是我走啊走,用右脚
谅解着自己伤痛的左脚

还有一些隐秘的野心,让我崇拜眼前的长路
无尽的爱让人胃疼

突然我就走到九龙滩了,微弱的星光

正在长江上空，以寥廓的方式布局

我会沿着自己的步点折回去，把爱与痛
重叙一遍。把"好远"读成"好运"

现在，我决定中断和诗歌的联系了
江河丰盈，冰雪将从汉中速冻而来

猫　眼

纯黑的猫蹲在构树下,仰头锁定枝上的灰雀
这不是游戏,而是真的战争前奏

弱者对弱者的杀意,是沉默的
我甚至想象出一次出奇快捷的飞纵

像是地对空的弹头瞄准了无辜的民航
静止和飞翔的美都在遭到侵袭

我故意嘘了几声口哨,类同老鼠的窸窣
灰雀见我,惊惶而起,瞬间消失于江天

黑猫起身,从林间蹿出
回过头来瞪视了我一眼

清澈而又凌厉,还有一点隐秘的怨艾
我已经感受到它极力地收敛了

我若去长江边的旷野流浪,请移植与我
这样的一双眼睛:纵欲,而足够干净

芭 蕉

那么多的天才,因为尘世太过空阔
而忍不住起伏

它得承受人们对露珠的呵护,和强加的
宋词的重量

还得包容我,童稚时对它的砍伐
把婉约派的宠儿,切成碎片喂小猪

如今我看到它在崖边
和江风较劲

一片一片振荡的幅度,达到了极致
却从未生生折断

用芭蕉叶顶着雨水跑进爱的下阕
抑或放在蒸笼上包裹荞麦

在这唯美的语境里,我的余生

重新获得了水意的赞美

在大江侧身的南方,我散逸
于一株芭蕉树下,无迹可寻,唯有读诗

鬼 针

细碎的白花开满了河滩,越过寒冬
它们淡然地向着立春挪动过去

我的身体上有些枯草的气息
那名为"鬼针"的细节,在膝盖处露出来

我仍旧自顾在其中穿行
裤脚布满了挽留我的天然黑发

有点小小的烦恼多好啊
我就可以多花些时间,去江畔躺下

晒冬日的暖阳。黏着我的针脚们
渐渐地出现了松动

手指一刨就掉在水边
大水波动时的轻风,缓慢地吹着它们

音 速

货轮驶过后,水纹变成了水波
产生了卷席感
远远看去像是水帘在褶皱中推进
向岸畔袭来
速度不快,我能察觉到一纹水
对千纹水暗中抵牾的力
冒犯看上去往往并不激烈
抵达石头岸边的时候
却陡然发出轰鸣
我定在崖边,细细地凝听水波
从最高线向下遽然消逝时
那哗哗的降调
及至尾音将落未落
后浪恰好奔赴到前浪的一声叹息里
那幽微的水流失
令我的耳郭扩大到了极限
似乎我要极力听明白长江的绵绵语气
似乎真有灵魂这种东西

被震颤到了。音速是神秘的

生长的速度，反证了诗人部分的衰老

"撤退吧。"我说

警 戒

白色瓷砖上的安全警戒线
被飞水溅湿,在阳光下红得更新鲜了些
整面长江企及不了它
更企及不了我
那些伟大的水,一次次地想要上岸
有时候甚至把自己簇拥成灾难
庚子年大疫之后
我看见过长江彻底淹没这些水位线
而后,渐渐露出来
淤泥遮蔽了那一抹艳红
我花光了剩下的十个节气
从白露到大寒,慢慢审视
它的除垢过程
高天蓝幕之下,它复归于光洁
长江重新成为它的镜像
大河顿首,我亦缓缓自净
就要立春了,孩子们需要一个
少些疫气的辛丑年,我们都
釉面一样温柔地贴在这个世界上

欠 身

为了看江,我总站在高绝之处
让身体前倾
身旁的黄桷树以更大的幅度
前倾,隐秘地生长
努力地道歉
我们都没有说出自己亏欠了谁
当"欠身"成为习惯
我渐渐学会了自由地致敬
每次,我都会在这里
把上半身的思想,向前送一送
形同抛弃自己
的重力
轻些,更轻些,爱与恨
都簌簌而落
我听到老树的呼吸,是风给的
而我的活着,是借来的
于是,每天,你看到的我
都在向身下的长江,赊欠水质的白银

卵 石

我一直试图从一堆小圆石中
找出方形的那一枚

我一直试图从一堆五彩卵石中
从红、褐、黄、白、黑中
找出淡绿色的那一枚

大水自由奔袭
却是天下的规则,和模具
极其狰狞的石头
在我手里
已经极致温柔

整个下午,我都匍匐在滩涂上
寻找那枚不存在的石头
也像一枚顽石
被幻想漫长地折磨

成片成片的荻花向谦卑的我扬着飞絮

密 道

盛大的冬阳中夹着一缕缕寒风
孤独的保安在躺椅上晒太阳

茶气形成缭绕,人间若有若无
脚下蜷缩的黑狗像是不问世事的老朽

我们出现的时候,没有询问和吠叫
主仆都已经习惯了突兀的路人

绕过这栋老房子,就可进密道下江
他假寐,我们奔赴

像个预言者,他洞悉了我们的弱点
而又对我们选择了放纵

"极乐在险境……"恩同于大水
请勿对神往者进行劝诫

我们浴足,净身,将语言中的腌臜荡涤许久
回来时,江畔空茫,人和狗了无踪迹

棕榈

阳光下更易看见自己的衰老
高清
的光芒
是认识论中杰出的思想者
我乐于和他
面对面
并把白色的胡须
亮出来
爱我的人认为我已经接近透明
我却坚信自己
有部分阴暗
和眼前的棕榈树近似
逆光,使大绿
成为大黑
斜躺在树下,河床一般
把自己不断弯曲
并信手,取两枝棕榈
待到暑热,制成蒲扇

水 源

一级饮用水源,是一个刚出生的婴儿
单纯得让人不敢直视

幼时我害怕所有干净的山泉,和它们
深邃的洞眼

现在,肉身日渐轻盈,却似多有重负
我对汩汩冒出的天然之水,多了敬畏

每次散步路过,我都感觉自己
踩踏在地下水的上方

加快步履匆匆而去,像是抱恙去急诊
也像是躲避神灵的诫勉

那个老妪,和我母亲一般年龄吧
在水源边的斜坡上,种了几垄小白菜

像是在等待水的分娩,也像是把自己
不为人知的姓氏,种在生命的起源

赏 荷

用看枯荷的眼神看待爱
淤泥是心境

我沉潜的时候,你替我满世界炫技
垂首时,我如地热安慰了你

冬寒里的抽象画,容得下
一个孤寂的人,慢慢捡起脱水的线条

你总是适时出现在暮光中
我的苟活也只需低微的斜照

风来了,定神的是水面
微漾,自我修复

大寒节不像是爱欲的杀手,病痛
也不是因为我们选择了疫情复起的立春

浩荡的江流中,我们分得了余波
种植新莲,半亩方塘

第二辑

星群隐居在水中

晚安,孩子

在我的山中,此山和对山
两朵灯花可以遥遥地交谈,谈的内容是寂寥
后来它俩先后熄灭,无声的晚安
不用心是听不到的

在我的大江,此岸和对岸
灯光无数,也在遥遥地交谈,谈的内容
居然还是寂寥
女儿给我道晚安
动画片里学来的,我听到了

更大的寂寥
以星球的口吻,对重庆说:晚安,孩子

洪水中的三角梅

洪水对眼前这朵三角梅毫无办法
它微露在江面上,浮动,看似无所依傍
而又暗中有一个枝头,用窒息
将它推送到换气的高度
柔软是最大的力量,可没人会在乎
暮光中,它唯独提点了我

头顶之上有什么

鹦鹉困于笼中
最好的学舌,是涛声
它密语
对着自己

一对貌似情侣的中年男女
饮茶,低声交谈
把最小的那朵浪花
捂在怀里很久
适当的时间,再送出去

我是折叠的
空中的阶梯,推送着我
向桥面上行

之字拐,都有一个优雅的锐角
在方向的对立面
安静地博弈

在大水的缓冲高度上
我在折返
无效而又必需

我要到头顶以上的地方去
拾级而上,缓慢提升
几乎就要蔑视智慧和信仰了

头顶之上,还在之上
我终未能抵达
还好,肩上的小女儿
一点都不恐高

寺门外

站在信仰的左边与右边,一扇门抵牾另一扇门
站在大江的北岸与南岸,一个人冒犯另一个人
隐身人含着微笑举着横木,对凡俗上闩
你内心的宗教,是一场虚掩,我倾听暗流卷曲的声音

美好的一天开始了

我对人世说：美好的一天开始了
我们没有空余
用来忧郁
两栖动物的呼吸，可以在液体中和气体中完成
我也这样，俗事和文辞
都可以让我换气
朋友啊，看到这样疲惫
而又精神（矍铄）的我，别奇怪
我正在沿着九滨路的方向
步行，长江在我右侧激荡
而你们在我左胸，脉动
美好的一天，开始了，我一路上
都在封神：接班的出租司机
晨曦照亮他的半边脸
分类垃圾的环卫工人，正在
脱掉水涔涔的汗衫
和我一样，他们都是以鱼跃的姿势
进入这个清晨的
和我一样，神灵也乐于饮用
柔和的光泽和淋漓的水意

上班路上

提着热馒头,用一段步行中的遐想
把它变成冷馒头

我喜欢这种温暖消失后的回甜
爱也是这样的

就像现在,我在铁轨边偷一块碎石
扔进长江,一点响动都没有

我喜欢看到这种无声无息的消失
命运也是这样的

我还喜欢在江边"绕道",抵达珠江花园
那无意义的一段,更像是诗歌

那些走捷径的人
还在拥堵的公交车上等我

三只壁虎

在山中，我无法理解壁虎断尾的勇气
今晨的江畔，我却见到了它
静静地蛰伏，那笨拙
简直就是人生智慧。而当我企图靠近
那倏忽消失的灵动
令我的艺术想象力蒙羞
一只？不，接连见到三只，都是这样
我无意让它们处于危殆，只是想
用修辞向它们致以新一天的问候
后来的路上，再无第四只
让我觉得我邂逅的只是幻觉
抑或假象。而我深信不疑
明天，我还会在绿道上见到
某种以"虎"命名的生灵，把啸声
压低变调，成为婴儿的啼哭

过江轻轨

轨道列车过江
微微倾斜的样子,与水鸟类似
弧度和速度的完美结合
才会有我在车厢内的一次小紧张
高天那么空虚,仍然被流量控制
我在这里拥挤,沉默
只占据独我的空间
尽力保持敛翅的状态,没有人
知道我的飞翔
一个月来,没有遇见过一个熟人
单飞的感觉,常常是和世界
有点陌生感和疏离
早高峰的时候,我们背靠背
肩并肩,肉体和肉体被运输
精神也在被投递,过江的时间
我刚好可以读完手机上的一首小长诗

换一块土地隐居

天空中的云朵,膏药一般贴在蓝幕上
我对此保持警惕
江流翻阅的画报太不真实
过度晴好的天气,让人间之上的部分没有一点瑕疵
我在窗内,向窗外的辽远
开放着一双陶渊明的眼睛。与此类似
在江边观景的欧美老者,在同向上
开放着一双豪格的眼睛
我们都是从田园牧歌的下滑音中,淤滞于此的人
身上尘埃,是对重庆微量的馈赠
这样的好时光真是无所事事啊,适宜
对别人的想象世界进行猜度,推论
在这种遥远的联系中,我以为
世界上的人都是读诗的,我是那个阅读英文版
却一个单词都认不准的读者,而我不确定
他是否阅读中文。他没有读过我的诗
这是确定的。这是,确定的

水陆空

拜高远的秋日所赐，我看见了飞机的白腹
生活在看不见的航空线下，是幸运的
可以把我的童趣，变得更加有层次
低处是蓝色的轮船，江豚一样穿行
身下有独节车厢的小火车，短小得像是在开玩笑
更多的时候，我看到它们在水陆空
各自贪夜而行，我仅凭声音
就断定了它们的所在。"是有点小吵闹"
可这是多么温存，又有些倦怠的夜晚啊

放生仪式

有大水适宜放生仪式
七月，放生死魂灵
八月，放生月亮
九月，放生茱萸
十月，放生芜然蕙草
冬月，放生鬓角霜
腊月，放生额前雪
正月，放生屠苏
二月，放生草把龙
三月，放生纸鸢
四月，放生蛱蝶和雏燕
五月，放生艾
六月，放生风暴

某居士，来
放生银光闪闪名为"虚妄"那一尾
某我，来，颂《诗经》
放生在河之"洲"

放生在水之"湄"
来，放生那个叫"宛"的女子
她在水中央

大雾奔跑

鹅公岩大桥华丽的灯饰
在大雾中只留下一点微光
一会儿全然隐没
白乳的颜料被秋凉调制
长江处于蒙蔽状态
然而丝毫不影响水汽向上游的奔袭
大桥又渐渐显露
南岸的灯火却被幽禁起来
逐渐地,九龙半岛沦陷
我将它想象成一块巨大的黑疤
在水雾的蒸馏中独享痛苦的剥离
大雾向时间的原发地绝尘而去
我在"真理和爱的下游"徘徊
反向,陌路,细微的水雾颗粒
在额前白发上反光
和独舟夜泊一样
我从大雾中过滤出来
寂然不动,忘了自己的生物属性
符号一样站立在低空的阳台上

红皮火车

孩子,我们来看看红皮火车

倒车入站

数一数,它有多少节(二十二)

听一听它的声音

震颤,踢踏,金戈之声(你都还不懂)

看一看它的弯曲弧度

有多大(江湾有多大,它就有多大)

钢铁终于,睡在钢铁上了

(你睡在我的臂弯刚刚好)

江水原本就宠溺在江水里的(把小水

从大水里导引出来)

大河鼻息均匀,火车站台灯光迷离

(喧嚣和安静,你都喜欢)

关 系

一只蝴蝶停在一瓣豌豆花上，变成了两只蝴蝶
它静默的时候，和豌豆花形成的是重叠关系

如果，它懂得翻身，和豌豆花就会形成对称关系
我屏住呼吸，慢慢靠近，成为关系的破坏者

相对于飞翔，我更喜欢静静地看一只蝴蝶敛翅
此刻镇子很轻，世界没有乱动

一个隐喻的形成过程，多么迷人
肉身和幻觉之间，仿佛有一种缓慢的收拢

我终于和自己达成了契约关系
阳光遍地，大地静寂，我已无需更多的安慰

空 椅

长椅喜欢偎依这个词,我独坐,只能是空的一部分

我在坐痕里遇见我的未来
残冬越过时疫,和仲春是同一人
文明的孩子就睡在《小于一》的目录上
扉页敞开,是我们接待天光的客厅

春阳这个朝觐者,刚去你那里。现在,薄暮和我,都还在等它回来

老 竹

我不断拔节,只为了让颀长更长
让本身的竹节更近乎假象

我把秘制的酒水,藏在无人知晓的幻境
无需数字记录,竹海中全是混乱的密码

我是不易觉察的隐匿者,独立于五峰山上
却与一个林间老者,达成人间的生命默契

你一定讶异于,他何以能将我一眼看穿
双瞳浑浊,黯淡无光的人

将毕生的深邃藏着,藏在老旧的布衣里
藏在守拙的灵魂里,似乎全世界与他无关

只有我这样的,将自己的疼痛弄出微响的容器
能令他,亮出锋利的钢钻

容 器

我愿意成为一株竹子
空虚的部分,供你的酒液填充
至少有那么一节
成为你的容器,我惊觉
你的一滴水的涛声
已经叩击我柔软的膜瓣
你有一个水平面,不大
山风起来的时候,刚好能
在幽闭中形成一次小小的荡漾
可我啊,认为这是
关于激情的声音,你得
贴近我,用灵魂来凝听
从昨日昏定,到今日晨省
我一直静谧地等着你的到来
新酿在此,两天的沉默刚刚好
我出世于野,只为
迎候那一声入世的惊呼:哇

取 酒

今天,让我们穿孔,插入导管
让酒液画出美妙的弧线
流出来。让太阳照耀着它
反射出白净的微光
让我凑上去,仰起头
像在迎接神谕那样,接住最后一滴
诚如你所见,这最后的晶莹
参与了林海空灵之境的形成
我们都像站在一段停止的时间之上
回味,遐想,出窍
像是被强大的自然力劫持
而久久,不愿意在清香中醒来

人世幼虾图

刚刚莅临人间的小龙虾，通体透明
蛰伏着
像是不愿意耗费丝毫能量
我围绕着它
逡巡了一圈，也没能
看到它的机心
它的身骨近乎于什么都没有
像深得东方美学的小水墨，只有
一圈尚未完全勾连的
隐约的线条
更多的白，在水里潜伏，成为我的隐喻
最本真就是大欲望
它必将成为本土的田野之王
无论血缘在洞庭，还是在鄱阳
它已然独立成为一片大水的图腾
小心些，不要动它
让它把自身的蛋白质收紧，再收紧
而我能做的，是在空茫中
画出一笔。它知道，我最擅长的

是美的补遗。一幅人世幼虾图
就在我的诗眼里活了
大竹熨帖的水田,连片地,颤抖了一下

扒开荻花就有一条路通往长江

那些荻花被风缓慢地剃着白发
扒开它们就有一条隐约的路

定有无数散仙从这里走过
其中一位是白鹎鹕吧

它身上抖落的雨珠成为低空中的圣水
穿透冬阳布下的光的迷阵

干枯的荻花和芦苇一样抽象
以至于我迟迟不敢确定它们的本质

它们有时候像别人,有时候像自己
我也常常那样

"你要到哪里去?"航运局的保安
远远地问我,向我晃动着手掌

我一时语塞,许久答不上来
在安全警示牌前站了一会儿,然后蹲了下去

夜过龙凤寺

夜渐深,谁把已经完全消失的黄昏
请到眼前的寺墙上来

人造光的单色,仿佛是冬阳的残晖
暗中也含有某种丰富

我像是那个暮色中,被光合作用而成的人
又在此刻被灯光分离

成为影子的卷筒,柔软地
想起远处。书法的未尽之意还在门楣上

我走到这里就要返回了,寺门
成为肉身的终点,而又是心灵的暗示

不要走太远,慢下来
仿佛有一个声音在暗语

静躬中,我的耳蜗里却只有低沉的江浪声
传递的信息,我整晚都没能破译

水苦荬

天就要黑了，大河渐渐陷入迷离
我渐渐成为城市的零碎
渺小得，像身下的水苦荬
小紫花被黑幕反衬出微妙的光
一点，一簇，一片
若不是天黑，我都没注意到它们
大地的星辰结在草上
加深了这块河滩的神秘
进入别人的内心是不洁的
我出现在旷野的美中是有错的
我默默地绕出来，生怕踩到任何一株
明日立春，定有人踏青而来
安抚我的那片野花
定会再次安抚到新的善良的灵魂
前提是：他得像草芥那样
低下骄傲的头颅

命名隐云亭

独坐无名亭上,看最高处的天穹
隐约能见蓝色的底子
昼伏夜出的,不仅是不安的心
还有我们共同赞美过的白云
现在,还游弋在高处
被人误认为是阴云
我坚信它们的内部裹挟着
日光的剩余价值,并故意隐匿了
纯净的部分。我定睛
试图看清更多表象里的春意
它们都被斗转星移,让我忽略了
黑与白,其实就是小日子
不过是神灵和我,各执一面
当紧的是,我得为这个亭子命名
作为这首诗的标题——好,隐云

和渔获者谈及孤独

那个读禁渔公告的人,渔获无数
被几排汉字幽闭在江岸内
对他来说,陆地就是一个笼子

只有长江水让他寂然无声
自由无限扩大,纹丝不动的时候像个枭雄
垂钓的故事情节里,有他

春水就要来了,而他不再近水
每到薄暮,他都会到江滩徘徊
与我巧遇,向我讲述放生的细节

我和他谈起诗歌:"孤独是必需的营养液"
"诗歌就像我鱼竿被咬钩时
那种轻微的战栗。"他说

"涟漪"新解

很久以来，我放弃了"涟漪"这个词
它伪美，远古
还有点俗气
但是今天，我坐在不设防的江岸边
遐想诗歌的形意
"河水清且涟漪"，我自语
多好啊，换任何一个词
都是错误的
水岸有泥，泥中有"蓟"
散漫的叶片早在寒冬就已经长成
这个奇怪的字多好啊
就像"涟漪"那样，出现在对的地方
须得一个人，在喧嚣中
制造大片寂静。那些我讨厌过的
常用词，和常见人，悉数美好起来
大河赐我涟漪，我报恩于众

像大河走失于星球

水汽混合在阳光里
我顶着谜,一直走

在空无一人,连我自己都没有的旷野
一直走

像诗集里的佩索阿,走向 1888 年
像我,走向我的落款

太阳向西,我朝东,余晖从我的后背
攀爬到后脑,就消失了

像大河走失于星球
像我,走失于你

夜色中的南滨路

夜里的南滨路,在我的视野之远
隔着长江
它被光色化
在我的手机镜头里形成长长的灯带
仿佛浮动在江面上
也仿佛舒卷在天空中
我曾在对岸,数次
远眺我现在所处的九滨路
尝试矫正我的散光和近视
用水泽点滴我苦涩的瞳仁
仍未能看到江河另一侧那个我
如此移步换景,移形换影
所以在今晚,我决定
——不再对抗时间,做一个
逝者,抑或被遗弃的人

河长是谁

河长就在我的社区，或许我们照过面
可我不知道他的胸怀里
围着大片水域
我看清了他的名字
却故意不加记忆
于是河长成了一个漫漶的人
名字只属于长江某段，但奇异的是
我记住了"铜罐驿"这个地名，无意
铭刻进我身体的某个部位
江水荡漾，无数名词消逝
无数头衔变幻，无数水珠躺下来成了细沙
我在这个晦明交替的时刻
迎候庚子年冬天的最后一个黄昏
你也一定见证过这样的光景
——天气预报里的阴霾，变成
暮光四溢的晴好
我也突破自己的预言，成为
一滴水的河长，加冕着透明的冰雪

不要和路人成为朋友

夜路中遇见的人,不宜识得
我每天都在训练对陌生人的亲切感

但我不审视,不搭讪,不用余光
看清他们的脸

我保持着和每一个人的"模糊"
而不是"暧昧"

我会偏头看江,他们会低头看手机
途径一样,心思各不同

每天散步,我都用这样的"礼"
善待别人的平静

不要和路人成为朋友。我的生计
决定了我内心的偏远

但是我愿意把整个人间唤为
——吾爱

雀稗草的雀

我视野里的灰雀和江边的雀稗草
共用一个与飞翔相关的字

却并非同类。我相信羽毛
借助过草尖,才能完成天空对大地的脱离

吸附在地皮上,这种草好卑贱
从未让人注意到它的快速摊开

长到葱茏的时候,它的内心寄生出蓟叶
它们共用的是一小块春天

它们在冬末和早春之间找到了我
共用了我的忧伤

铁丝网上的月季好久没开了

它们就这样静默着
一小片一小片地向渝怀线的轨迹里长

秋深,冬远,春来,尚无一朵花
悬挂在网格子上

今晚我把叙事的花蒂,交了出去
夜幕插进来,长成了萼片

我从临江步道向天看去,高处的酒店
仿佛掩藏在藤蔓里

绿皮火车身体里的卧铺全是空的
我也是。飞驰近乎仪式

铁骨等花开,轨枕等震荡
我等更大的空茫

城市的小溪汇入大河

大河是地下水的容器
和卧榻
所有哭过的人,他们的泪水去了哪里

城市里的小溪
被覆盖和禁锢,也成为地下水
今天下午,我为看见一个出口而莫名欣喜

水面佯装熟睡在河床上
我假寐在思想中

它对大河的掀动强弱强弱,强弱弱
像我感情变化的音乐拍子

大地的裂隙

大河的灵魂磨成了泥浆,冬天过后
慢慢干涸,产生了裂隙

像是第二次伤害,纵横交错
如脉动,如弦歌

好大一片空地,好多符号和谶语
好宏大的无声的叙事

天灾已经变身为艺术的曲线了
在我眼里它们仍然是大地的战栗

拍摄：抽象的永恒

我拍摄出了裂隙的眼睛
和睫毛

拍到了形声字中的葇状部分
规则的汉语言中，凌乱的部分

拍到了此生无法挣脱的几何
和死亡的隐喻

拍到了爱的存在和消亡
难以觉察的，逻辑

我拍了很久，最后拍出我的简历
某男，灾难幸存者，写诗

一生无意义，和现世的裂隙，很深
心魄的细缝里长着独株飞蓬草

小年夜：献祭

父亲告诉我：你要准备好献祭

我向大河凝视了很久，它的平静像一场冥想
没有主题
巨大的杯盏里空空如也，神灵
正在辟谷。先祖和我
都空腹许久了
月亮投宿江北，它将收受我的献祭过夜

大河开始丰盛的烹饪，小区贴出
停水通知。航标灯正式亮起

黄昏是天地间的老母亲

一只流浪猫在阳光下舔舐自己的伤口

它卷起自己的后臀
痛苦地享受春天的第一次日落
我看见它凝血的创面
在晚霞中闪着光
一个老妪蹲下来
为这个弃儿递上随身携带的猫粮

我终于发现，黄昏是天地间的老母亲
而我正在忘记回家的路

我的异名者出现在河滩

大地的裂隙里,稀稀疏疏的草
长出来,和天光遥相呼应

最令我惊奇的是棒头草
它模仿着黍米,扬起紫色的穗

惹我怜爱的是鼠曲草,它早早开花
黄色的花冠细弱而又迷人

它们和飞蓬草、鬼针草这类诡异的草一起
替我温柔地出现在长江边

而雪见草、白背枫、通泉草和艾草
会成为谁的异名者

狗吠声声,它见到了一具躯壳
和里面的一群陌生人

雪见草的一生没见过雪

眼前这株雪见草,一生没有见过雪
我也还没见过完全干净的人世

它的天职是迎候雪,可雪的每次转场都在别处
现在,它和我一起等待雪的开幕

当我爬上湿滑的陡坡,进入平畴
我就能得到雪的预祝

雪见草,像个序言
孤绝地长在暮光中

"你的前半生有雪,后半生有雪的报应。"它写道
"请注意身后。"它警告

我还得把一场雪写完,以草为证
落笔时,刚好立春

望江之一

河流经过第一个半岛时,有人小憩
大片水,做着倒影一样的梦

第二个半岛远了些,轻了些
像我们的传说形成了连环

街灯一盏一盏地亮下去,顺着河流
形成两条光的虚线

轻微的呼吸声中,室内静寂
我感觉到了南滨路在动

黄昏也怕黑,一直在天空中不愿下来
不知它为何如此迟疑

暮光是纯棉的,想抚慰谁就抚慰谁
而我们的耳边上天正在点名

望江之二

江水走在夕阳的前面去了
它尊重这个春天的暮色,并预祝了我们晚安

我们所处的高楼,与南岸的大厦一样
在用顶层扫天空,天空有什么不干净的

玻璃明亮无比,孩子们坐在光圈里
从我的角度看过去,他们也坐在浪纹里

重庆为你展开柔软的水平面
我吻着长河落日,像吻着一块疤痕

望江之三

把这条河抄袭一遍
抄袭它的弯曲和再弯曲

当它的弯曲消失的时候我呈现了余生
那是流向的意思

我们就在大水的空灵部分
虚无晒干了,就是水渍,那是我

它运输着一个又一个黄昏
今天这个黄昏名叫天真

真理与爱都在下游
冰川让我们去海口看看

水 幕

光在水幕上打字,成为荧幕
光在水帘上描画圆形的穹顶
女儿不认识字
也不知道动态的穹顶意味着什么
她看到的字有时候荡漾几下
水幕像是在发皱
她伸手舞动几下,挡在了投影机的前面
水幕上出现了黑色的手
像是一棵树。只有我知道那是女儿的手
她还不知道自己的影子
会走上水幕。"欢迎您"三个字
从她的手影上缓缓走过

从背面看鸿恩阁

我是大江,我就能从背面看鸿恩阁
我就在它的陡坡之下。为了仰望
我不得不把一朵浪花从水里提出来

我是小树叶,我就能从背面看鸿恩阁
江风不断吹送我的叶脉,为了仰望
我冒着翻卷的危险,向树梢抖抖索索走去

可惜我什么都不是。我要从背面看鸿恩阁
几无可能
它的背面无我立锥之地

于是我从侧面看鸿恩阁。尽量让我女儿
看到它的全貌。三面涌来的人群喧嚣
只有去不了的背面,危险而镇静

可我分明站在背阴的悬崖很久了,那里
没有我厌恶的人。我是怎么站上去的
鸿恩阁也不知道

音乐喷泉

每一片水花冲到弧顶,降落下来
都像是一次降生
光是照耀,也是掩映
更是让水获得清澈的视力
观水者在水花徐徐落下的时候缓过神来
哇。她们尖叫。她们在赞叹的
是水分娩水的时候
光,蓝光、紫光、红光
像几个助产士
而白光藏在水的缝隙里,是水的
连体婴儿。我的女儿此刻自带白光
是水的胞妹
看上去,要从我的臂弯里挣脱
奔向无数水花做的小姐姐

石头落入小潭

石头落入小潭,洗自己的碎骨
我的影子落入小潭,洗自己的虚像

更多的石头相互洗涤石头。有一部分石头
化着水去了。接下来参与了瀑布的落成

更多的我相互洗涤着我。有一部分我
化着水去了。没有一条河承认我从它的源头而来

我拾起潭中一枚鹅卵石,老树上的喜鹊
嚷着说我拾起了她的小肾脏

好小的一枚石头啊。我交给女儿,她握了一下
旋即敏感地丢掉。水有凉意,石头让她吃惊

石头再次落入小潭,洗新来的石头
女儿的影子落入小潭,洗我的影子

水的消失

女儿试图奔向水,水试图占据更高的天空
我看见黑暗被携带着紫光的水
稀释掉了一部分。水花乱溅后
寂静重新成为女儿的表情
水花消失,光芒消失
女儿停下蹒跚的脚步,像是突然被定住了

对水光的安抚

水光褶皱,而我是多么想抚平它们
像伤口安抚血液
像灾难安抚内涝

像风波制造者,安抚涟漪制造者
像更轻的响动
安抚这宽广的静寂

微漾与微恙

常常头晕，我每每以为是大水在微漾
错觉让我暗暗心惊
中年微恙，也是经年不息的水患么
我的病体有一片湖泊的发音
相似，重叠，一起被误读
被水声轻唤
我摇摇头，果然有水鸟闯入智慧区域
情感更隐性，反复摩挲
才察觉那连绵起伏的小山丘
长着骨刺一样的老树
羽毛像针灸一样，让我隐隐作痛

更多大水在晕眩

没有悲哀,水在浮萍的晕眩中衰老
我透过舷窗看到水的暮年
无痕无迹

群鸟纷纷处于变声期,我祝它们
进入深空不再晕眩
搭乘湖面,不再晕眩

祝其中一只,少女的晕眩
来得晚一些

孤舟与虚无

船舷分两边,作为一个孤独的等鱼人
要将桨放在一边
才能与枯槁的肉身平衡
此时,我等同于一片不会思想的木头

静态,就是吸收多余的重力
和看不见的喧嚣。我将体内的沸点摁了又摁

我渐渐变轻。小舟停止晃动
整个大湖逐渐靠近虚无

这虚无即将产生,而又消逝的过程
令我着迷。于是我负心
我薄情,我放弃营造的美

向终极的虚无靠过去

隐居水中的星群

上天一开口就会赞美星光,天意的首饰功能
而对天狼的嗥叫声抑制许久

所以群星沉入水底,无迹可寻
高处的散户来到低处隐居。只有流星还在大气弥漫之处炫技

面状蓝形成记

每一滴水都逼出自己的颜色,滴状蓝拼出块状蓝
更大的面状蓝,在合成

有一些神秘的技艺是我不知道的。除了善念
一定有另外的天意让我的诗歌变得更好

所以我静静地看着这些蓝被打开缺口,逐渐成为巢状蓝
像是完美无缺的语言终于获得必要的侵略

我成为晨光破译者的过程
像活命那样短暂而简单

你像光斑活在大面积的蓝里,闪烁一下
复又幻灭。安详而又简单

第三辑

预言连绵经过我

白鹭从江湾飞出

白鹭从江湾飞出,在江面之上扇动翅膀
倒影,也一直在扇动

贴近水面时
本相与虚影几乎实现了重叠

这水中的飞翔,光影的仿写
无人能参与

也这样,你能看透它的心境
却没法去它的心境里坐坐

双鱼座沙洲

两个并列的沙洲,有双鱼的体型和动态
背上各有青草小片
和三两个背身向我的人

他们沉静,没有注意到自己正被
鱼的喻体送进江心

不断沉降的水位,把沙洲浸出一圈一圈的流线
闭环层层
向上收缩

最顶层的围绕,是献给青草的
我若有意坐上去,便可位于圆心
冲积力卸去多年,余势仍可举起笨拙的我

子非鱼,我非星空,焉知双鱼上岸所为何来

跟踪喜鹊记

它的黑羽新鲜如四月,白绒新鲜如四月一日
天高,鸟已不陌生
地阔我懂
而芦苇的缝隙狭窄,适宜窝藏一只惊惶的喜鹊

我正欲用视野捕获一只白鹭之际
它闯了进来
忽又逃逸
意图与异族拉开距离

我在黑白之间,几乎来不及选择
就跟踪鹊影
陷入苇丛之中

扒开,鸟迹消失,一对老夫妻突然出现
香烛点燃,俩人正在隐秘祭祀

我轻轻退出,良久未见喜鹊飞出

五条路

草地上有五条沙路,每条都没有目的
路散漫,我亦无惑
随便走上一条,都不是自我的选择
早春、仲春、暮春来此
都可各行其道,天然地避着走

草地相邀,野花为函
我走的路可小坐片刻,想生命叙事的一处闲笔

远远的,有人蹲在我的平行宇宙上
定是被一朵蒲儿花请进了语言不能抵达的地方

我们都用无语,用潜台词,问候这个起伏跌宕的世界

找 蟹

提着小桶的稚子,在石滩上垂头寻觅
初以为他在晒石头
细看,他在捕捉石头下的小蟹

铜钱般大小,移动缓慢,甚至在巨大的温柔里
不愿保护自己

家住长江,再无憾事,连横行的训练也放弃了
我看见其中一只翻了身,又睡过去

春阳溶解在江水里,我像一只浪费温情的寄居蟹

去看下刺桐

从隐云亭下行一步,一尺落差的晃动
就能被摄像头捕获

"请速离开"的劝离声,不大
却字字清晰,分贝略比温柔大丁点

我迟疑了下,仍不甘心,却也不敢越雷池
只好远远地欣赏火焰一般的刺桐花

要是能就近,微距,看清其中一朵
我定能更妥帖地,与它耳语

"其实你燃起来更好看",向天空取火
它做到了,并预先领走了我的一簇

独坐江心洲

这几天长江水更枯了,似是有意送我去江心洲
信步至江水边沿,小风暗生
点水雀的身影若有若无

有块干净的长江石可坐
却不敢久坐。我不能确定,河床为人类让出半边卧榻
会带来什么

人声喧嚣,巨大的沉默是谁的

白蝶在小女孩的语调上飞

两个孩子头踫头,像春光下的阳谋
密语中含有水的代码
沙没有忌讳
水生长出了骨骸

她们在种植些什么?我无从知晓
大河万顷,我独宠方寸
静静陪在稚子身侧

一只白蝶在小女孩的语调上飞
"我想睡觉了。"她说

放 飞

风筝太多,天空需要控制流量

一朵乌云停在头顶已久
放飞它的人
隐身在我们中间

航线落在航线上,昨天午后的白鹭
落在今天午后

浮力让人疲倦,每个仰起的面容都阴转多云

枯 苇

枯的终是枯了，活着的节节活着

一株枯苇在弱冠，而立，不惑……期颐
每个节疤上，为自己祈愿

随便一节空空的苇管，都是一个风口
随便捏造个姓名，都是吹哨人

略微沙哑，这空洞的幽邃不容小觑

暮光之江

暮光下的江面蓝得凝神
这自流平
有些不语世事
好一阵子无风,花瓣落进花的内心
也无逸出迹象

红灯一连三盏依稀亮着,提示着南方
绿灯对北方的回护,在我视野里只亮着两盏

无船通过
有人趁枯水,抢工围出一个内湖

草露头

牛筋草与大河约好,以沙岸线为接头地

清明前后,草的暗号一个接一个探头出来
逐渐连成一片

盟誓之地
不越过一寸草根
陷落流沙的痕迹已是庚子年的了

青草露白可喜,草芯含在嘴里耐咀嚼

鸟落沙脊

水位一再向下,洲间小潭空明
小片水与小片水之间,露出背脊样的沙线

白鸟近水,绕一个回旋
先轻扬羽毛,而后敛翅,像从时光那里收复了领土
逼仄,却刚好用来小憩

它没如我想象那样俯冲而来,抓取这汪小潭
而巧妙地变向着陆

这迂回,这凌波微步,够一个诗人学习一辈子

静置于一枚长江石上

薄薄的淤泥,经春阳一晒,就成灰
抹一抹
露出这枚长江石的暗绿来

坐在上面,看江生縠纹,把自己
静置成一个迢遥的谜

我和石头浑然一体了,圆滑上附着孤绝
隐喻里藏着旁白

这时别猜我,余晖改变了人世的答案

迷 梦

人太多,蝼蚁一般,从暗巢里出来
未时,布满江湾

地垫上躺着我的少年,丰润,内向,赤足
像睡在牛角尖里

从梦境里蜕出的,我的垂暮
行至水边
朝那演习一苇渡江的,我的中年,呼喊

却怎么也张不开嘴

暗 扣

水位低到极致时,江滩把三块巨石连根拔出
似乎松动了些
实则岿然,未挪移分毫

各据一点,像是水面隐秘布置的阵法
简洁而有玄机

石上垂挂着钢质的连环暗扣
锁住过咆哮的大河
更多的时候,是把河流解开

就像今天,长江内敛,深处的低语
便是整个流域,谦逊地通过

而我把吊环荡出了吁请的呼声

笛 音

在江湾吹笛,大河的共鸣腔扩展至无限
短促时如风声追尾
戛然而止,听不见的余音,连上了波纹
悠扬时如春江疾行
上游和中游,从气孔中破空而出,我甚至可以
听见月光落地的余震

人越来越多,没几个愿意倾听了
"君之疾在音频20赫兹以下",而我听力已达死水微澜

春过半,江水落魄,笛音逐渐幽邃,像非人力所能为

间 奏

几乎听不见水声

重庆最宽的长江面抛着谦和的亚光
神灵露面太多
会是光污染

我们的大河保持着适度的粗糙
太多的光洁,留给了上天

我和孩子们一起行走在轻音乐上
水的内部,沉默
只有柔嫩的花蕊和掌心
水才因为滑落,呈现出本身的形态美

我们的大河依旧用水,对水实现封口
它的隐忍
刚好等于一场浩大的过渡

冬春衔接处,重庆的间奏曲不在人间

逆 流

你沿着新修的滨河步道逆流而上

对大水
的迎迓,感觉很舒服
撞见光,和裹挟在光里
看不清表情的陌路人

你想看见自己的表情
便紧了紧眉头
又松弛开去
你恍惚看见了自己的脸
柔和,堪比婴儿

让后背顺流而去吧,你又想

苍 鹭

我告诉自己
既然长成了苍鹭,就不要自诩圣洁
应该,独腿站立
另一腿因为久治不愈的滑膜炎
而深深萎缩于胸腹

从酉时的开端,站立到酉时的末端
直到落日藏进了自己的孤独

我就一直站在滩上
无所欲
无所爱

那些优美而滥情的鹊鸟们,正在占领
每一条河岸
我只好以自己为伴

每天我都经历着长夜将至时
那种苍凉……我用
这个忧伤的字眼,冠名了我

葬 礼

一把细沙撒进长江
真幸福
待遇像国葬

我希望有人这样把我撒一撒
接着哑然失笑
想法多的人,只配一捧黄土
守着苍凉的山冈

我是想法更多的人
不由得试探了一下自己的颅骨

纸 鸢

沙滩上有飞行器缓慢地上升

那个笃定的女孩,站在自己的脚印里
细沙被她用旋转的脚跟
画了一个圆

手心渐渐空了,可她拒不向天地之间摊开
时间被拉成细线
一不小心,就会断了

她溺爱的三月,在大河边
我用毫无意义的仰望,补充了她的欢喜

天光逼得人低下头,闭上眼睛
我用幻觉
抵抗着这强烈的光泼溅

惊呼和嬉笑充斥着整个沙滩

而我分明听到了更大的寂静

仿佛声音全然消失

眼前出现了纸鸢主演的，唯美的哑剧

借 力

上空在不易觉察地午睡,用辽阔
罩着九龙滩
我能感受到无处不在的引力
像一种形容词般的物质
向下,向江面
灌顶而来。是缓慢?是细微?还是伟大
所有人都没想到过逃逸
我也没想过穿透,和顶撞

而轻巧的浮力,让它梦境的纸片
张开,轻微地触摸着什么
一米一米地升腾
它柔软,易破,没有任何灵魂提携

后来它就静静地停泊在深空了
不喧哗,不飞翔,似乎在临界
久久地,悬停

我身下仿佛被什么托了一下

进入透明而又无形的空间
一个无法命名的独我世界

有时候我会叫它空无
而我就是它的一人

玩 沙

"我们在沙漠里种上什么呢?"她轻轻地自语
像在哼一句说唱
然后开始用河沙掩埋自己的小脚

"……",她继续说

塔 吊

塔吊突然就出现了

它的本义与拯救有关,而今天收敛,静默
向蓝色的天幕臣服
自然光代替它,安抚着远行船只
它的浅睡眠是白净的

我在它的阴影里缓步行走
头脑简单
没有被它的喻意带走

它早已证明自己的崇高
我还在艰难地放弃自己的形而上
天穹渐暗,它苏醒
太多的夜视,让我疼痛

好遗憾,我没有它头颅上那个永不疲倦的问号

问 候

她每下一级台阶就"嗨"一声
嗨
嗨
嗨
嗨
嗨
第六级下降得没那么深
这落差的区别
让我陡然有了落空感
不禁
嗨
了一声

下完这些台阶我们就直扑河滩而去
嗨
她嗨,我也嗨

向大河问候的仪式
清亮如她
沙哑如我

码头

总是在步行的倦怠时间点上
遇见这个码头

疼痛和困顿的酉时
却是内心最舒适的时段
我可以摈弃所有艰难的思维
和不切实际的人生预设

我弯腰,把小女孩从肩上放下来
父女俩并排坐在路边
步点停止
奇幻影像的快进频率,也被放缓

塔吊也慢慢停止了工作
水面静谧得一点荡漾都没有
它们和我,有一个共同的小会儿
是归零的

我的放空短暂,迷离

却不容我流连
我和女儿，起身，行走在昼夜的连接处

小手中几枚小小的苍耳子
调皮地粘住了我的头发

隐 石

适合拇指、食指、中指捏合在一起的
那一枚,扁平,很轻盈
像石头中的拨片
可将大河拨出涟漪的弦乐声

她没有让这块隐居的石头
轻易打了水漂
而让它
出世,请进我家的杜鹃花盆中

她将大河打磨的勋章,颁给了春天里,未来的部分

大 桥

总有些天真而疯狂的人
在大桥下
梦想一苇渡江
我就是其中一个,善于
为自己营造绝境

我甚至愿意相信:轨道列车
是从夜幕中的蓝色灯带上呼啸而过的
它们助我
完成了对城市文明的审美

你若恰好此时遇见一个折芦苇的人
不要向他问路
他会把你指向命运的虚线

虚幻的观众是童真——哪怕
只有一个小女孩,仰着崇拜和惊喜的头颅

野 泳

野泳的人还在挑战,让我想到一尾叫作"鳔杆子"的鱼
有时候是鱼,有时候是人
人和鱼之间的区别在于"美"。美很神秘,无法把控
令我今晚看到扑腾的人时想到一尾叫作"鳔杆子"的鱼

云 朵

她将手伸向高处
把细微的指纹,摁在天幕上
我蹲下来,仿佛看见了
她的巨擘

我用一个狭小的锐角,拥住她
向她指证
十万朵白云中
含着水的那一朵

它旋即变色,化为灰鹊
向着河湾去了
"贴梗海棠的骨朵,是吸水的小动物"
它们正在小女孩的阳台上,等待

插 叙

大河含糖,月光的包衣薄薄
夜幕中的港口,亮出了一丛天门冬的丝质

黄桷树的内层渐渐安静了,巢中的灰雀已然安眠
码头退休工人来来回回都遇见一个陌生人

他们不知道我在逡巡什么
我像一个意外的插叙者,粘在他们的话题里

老人的夜视眼是威慑的
我悻悻离开。天门冬的藤蔓为我送行了三米

苹 果

一个苹果从办公室握到大河边
你的手心得有多么空虚

些微紧张让你需要借助它的实心圆
和向外撑起的瓷实感

借助它的光滑度
像是触摸人类之外凉性的肌肤

借助它的天然色
这发光体中略显内敛的散淡者

借助它内部的液体
与你的血管一样,进行自得的内循环

人是世间最无用的物种
一枚苹果是引导我们生活的大师

所以啊,你会在遗失一枚苹果时

突然感觉莫名的不适和牵挂

一只手胡乱地扯扯衣角
一只手毫无意义地捏捏纽扣

游 戏

全世界都年仅四岁,都在烟波浩渺中
玩一个游戏:逮捕一枚落日

"你要盖好被子哦。"小女孩溅起粼粼波光
一片一片地哄长江入睡

力 量

你敬畏那些感受得了的力量
疫苗注入臂膀,骨头里的疼痛延续了两天

病毒不宣而战,你坚信
微观世界和宏观世界产生了冲突

你顾忌那些感受不了的力量
毁谤已经开始了,但你不知来自哪里

未知数、不可预测性
这些无形,放大了你内心的隐忧

你为自己接种一首重复的诗
对抗下半生的失控

你写道:一条大河获得了免疫力
因为它读懂了冰川的预言

现在,这连绵不断的预言正在流经你
你却无法说出它是什么

一个诗歌命名者的困境

满江的时候,它被宋代命名过
半江的时候,它被唐代命名过

无论半江红,还是满江红,都对悬空的
轨道列车没有办法
我的困局便在于此

一座大桥,缠满红色的灯带
落日尽
它便接过黄昏的色彩,和晕染法
在长江的波纹上
不断地皴

可我对未来的语法如此迷恋,它尚未出现
我就已经倾倒了
当古典技艺穷尽,一部分名词消失
新的替代者——哦,不,原生者
或称为"元"的事物

正在满江红透的夜晚呼啸而来

从信念到信仰只差一次试飞

点水雀一只一只地,一群一群地,叩击着水
逐渐成为动态的信仰
笨拙的人类不得不选择了避让,领空是它们的
选择经停在一朵漩涡上的那只,定是刚刚试飞

水落沙洲出

一个活在冬天里的沙洲,向北方借水
完成对内潭的蓄积

大水变成溪流,暗暗地渗透
向小小的意外里跌宕

大河包裹着一个沙洲,沙洲抱紧一汪蓝
航标船停在蓝之外

一直没有动,只有到了晚上
它才会向我发出光束

那是更深的蓝,色度已经超出了温情
一块玉逼出了自己所有的纯光

这个沙洲满身都是软处,和我如此类似
春分,我们都是浮生

两个半岛的婚礼

重庆的大河流行而来,有了曲别针一样的岸线
和岸畔的一朵月季花一起
别在我挺出的胸膛上

形态已经足够迷人,迂回,婉转,像是插入来生
水的第二季,置换着我的血液
我要到春天的婚礼上,做个证婚人

我宣布:九龙半岛和渝中半岛,在我的孤掌上联姻

同 类

那一半绿着、一半枯着的是狗牙根,我记得它们的哀悼
那几簇雀跃、几簇匍匐的是牛筋草,我记得它们的祷告

我认得这些卑微
一起吃流沙,喝淤泥,信念骗我们活了一次又一次

致沙滩

写不出一个大字了,在松软的沙滩
用尽张力,磨亮手中的白刃
写山几个豆粒大小的"理想让我自取其辱"
然后默默抹掉,独我之内
一场看不见的战争,中年的我
对少年的我反叛许久,戡乱像大风
卷起现世的沙暴,我已经无所遁形

不是我,是我们
终将屈服
我们在不同的假设里服刑已经很久了

沙是风能吹动的沉寂

你行虚
语言里充斥着大量的无形物质形态

我不得不利用四十五年的幻灭之心，对你的创造就行转译
译出你消失的部分

而小小的骸骨
还留在我眼前的世界上，是风能吹动的沉寂

沙 漏

早先,我们总是用力拿捏
却握不住一捧细沙,泄漏
在执念中顷刻完成。像驯服生灵
我们对少量的沙子进行怀柔
从迷恋力量,到换个角度
松一松,也是短暂的交替
虎口朝南,试着找对风向
它们就会纷纷扬扬飞起
风口再小,也要避开
粘在脸上会让你睁不开眼睛
孩子,我们干的事情,是轻轻纾解
那些受困的神,别紧张
别着急,依靠一粒一粒的时间
——妥协和顺应自然,我能做的
仅仅这些了,能教你的
也仅仅,这些了

芦苇丛中

一窝一窝躲在芦苇丛中的人,露出半身
或者半身的浪漫
宽阔的江滩只有这里,可以躲太阳
蜷缩进去,像雏鸟
收起自己的玩心
在沙土和植被的接合部结巢而居
野性释放之后,疲软和落寞
让这里静了下来
每一片绿叶都是逆光的,我们的脸上
阴影在摇晃和幻化
恍惚中我看见一株低矮的芦苇在挪移
慢慢走成了另一株
我也在动,慢慢地成为另一个人
空壳状态,通体透明
我多么安静啊,可一身的骨骼从未停歇

大片芦苇地睡着了

它们站着睡觉,摇曳着睡觉
墨绿色的表情是它们的深睡眠

光的暴力逼人,芦苇地显得黯淡了些
无语的人躲在连片的忧郁里

玩淤泥的孩子

只有他一人,跃入泥潭之中,踩踏,奔跑
把玩着这些大水的黏液
然后躺在沙滩上,用体温,借春阳,慢慢烘焙
黑泥渐渐干了,他便慢慢剥
渐渐露出肌肤,像是一个泥淖之子复活

他一个人反对了绝大多数教育
看,那些别人家的孩子,都在趋利避害

都在伪美里,活成模型的样子

沙的注释

风沙是大河边所有人的前辈
水沙也是
从注释①转到注释②
我从偏重于风,到偏重于水
实现了古典措辞的
淘汰,换场,重新启用诞生
而后用死亡完成断句
注释③的我,流落是黯淡的
可流沙携带着水珠从我指缝间滴下
是闪光的……注释④像个信号
提示我"化巧为拙",瞬间
成为我的替身。多么荣幸的下午
在决裂般的光照下
注释⑤完成了互释,大河汤汤而去
世界再也听不到我消弭的声音

语言的迷宫

我们苦心孤诣，用词语的沙子
修筑迷宫，供自己迷失

亲手创造的艺术品，炫耀
是不值得的，毁灭才有快感
很快地，釜底抽薪的感觉
意象的幻城顷刻之间化为乌有

"与己为敌"，成为诗学的定律
诗人否定、砍杀自己的一生
像沙的坍塌，纠正沙的谬误
我在即将完美的时刻推倒重来

现在，我执铲，避开松软
朝着织满芦苇根须的板结之地
重重地戳下去

很决绝，像是找对了诗艺的炎症

安身立命的沙棘

俯身,低头,睁着细叶的眼睛
看,像小乞丐
终生一个姿势,仿佛沙子里
有黄金的颗粒
我们将贴地的那株,扶正
很快,它又倾倒下去

我一直站着,却是真正的乞讨者
穷尽生命,赊欠一点活着的时间
双倍的折损每一秒都在发生

一株沙棘,跪在沙地上,并非因为悲伤

栽芦苇

三根为一窝,一窝长一丛

芦苇的最小单位

从来不以株计

先天的平衡,布局在沙坑里

允许它们没有主心骨

内部空着,外部更空着

取锐角的姿势,活下去

小女孩,我们蹲在这窝芦苇的两边

我是大括弧,你是小括弧

好吧,同意你站起来

成为大括弧,成为我的

等量齐观。现在,芦苇

就在我们的怜爱下

陷进大地里了

提着小锄头离开的阿姨

脚印均匀,像一串……走向芦苇的秋天

白鹭隐身在水柳树上

代表春天目送

《春江晚景》新译

帐篷搭到沙洲上,一江春水被拉链拉开
探出头来的女子像有些畏缩的水鸭
一点不像个先知的样子
紧接着一个男子跃出,身体有着河豚的曲线

我还流连在东坡,那里正在为新栽的芦苇洒水
苏姓友人成为整个春天的著作权人
黄昏中的惠崇,举起晚景,像一个托钵僧

我从宋朝继承来的黄昏,被一个稚子
压了一小片在身下

暮色是多么温软的草席,花不完的卷着走

神秘感

没有起风,没有船只驶过
浪头无端涌起
像是传说中的潮汐,暗合日月星辰的运行
恰好,来到我们脚下

今日晴好,可赤足
等一场又一场的水,以波纹的触感
围绕我的膝盖

一个渺小的人,可能和另一个星球的力量
相遇了,以前我不明白的"神秘"
就是这样的感觉

像是沐浴到了某种圣洁,我入定在大河边缘

拙石颂

头顶一堆石头,头顶大量的斑纹
和色彩,腰悬玉玦,心口
还贴着白璧

它是一块顽石,经过语言符号学的洗礼
成为拙石——意义逐渐丧失
声带逐渐钝化,近于无语

掀开周遭的众美,取出独美
荣耀如此黯淡
用长江水,洗干净,贴在我的面颊上
为孤独者钤印

我相信它曾为万世开先河,并习惯忍受奚落

卖一顶草帽

风吹草帽,像吹落日
侧翻
是刹那间的事

最后一顶了,还有没人要买

没人要,她就自己顶走
像峰巅
顶着落日的光晕走

身骨偏瘦,喜马拉雅用完积雪
也是这样的

把头颅放进穹隆
这个天然的凹陷里

第四辑

追风逐雨

放风声

大河,是那个永恒的放风声者
它的真实,和凌厉,和不着边际
和近水楼台先得风
让我常常感觉虚弱

我被困在它的风声里,听到气流经过窄门
而束手无策,索性敞开
和穿堂风迎面撞击

有神秘人,日日放出大地的消息
我喜欢上这对未知灵魂的泄密
一声一声地呜咽,号叫,拍打
而后劝诫,抚慰,催眠

一声一声地,像是大风在微风中安详地死了

追风者

落叶是去追赶大风的,可要枝头颤抖才行
它屈从于命运
飞絮是去追赶大风的,可要芦苇点头才行
它受制于规矩

啸声也想去追赶大风
大片大片的森林,便把时间养活十年
波澜也想去追赶大风
长江为此,耗费了三千里心思

我在江边纹丝不动,追赶大风,很多人叫我
——赶紧跑

风过影

我用更大的容量,和宽度,让风通过
中年的缝隙
加剧了
风便渐渐疏朗起来,从容地
透视我
像一场例行体检,发现了我的骨质
密度已经出现了问题

那些白茅草,灰扑扑地
用风抖落伤疤上的细屑
它们集体被风,轻轻地摇晃。我蹲在丛中
是风要逮捕的诗人
一个嫌疑犯

风深谙株距,是狭窄的密道
我就在其中
没有办法保守了

风更大了,我潜伏在自己的影子里,像自裁

听风寺

龙凤寺内,崖边,凸出一下自己
就可以听风了

老和尚悬着一对大耳,默诵经文时
那隐隐的抖动,像是听见了所有风的悔意

我常常,在郁结难解时
站在这里,用风声
调理自己的慢性隐疾

于是我迷恋上了所有象声词
却不敢轻易模拟一场风

顺风论

所谓顺风,是相对于长江的流向
把大河向下游赶

靡然成风,不计成本
我只需要有一副顺风耳就行了

不需要对风声保持耐心
听觉阈,很低,很具有传染性

香头有了倾向,我也背风而立
孩子们被风梳头发

可是啊,香灰作为大风的知己
却被蔑视为红尘

绝大多数人,都是粉状的
顺风一吹,就遍地都是

逆风论

逆风要追本溯源,向上游每回复一个涟漪都很艰难
我只需要假装失聪就可以蒙混过关

听风的人,借助风,利用风,成为风的机会主义
可我的听力在渐渐损失,那被夺走的部分,去了哪里

长江因此被区分,风因此成为一种念头

风筝颂

春分日,风起,风筝顺着风越来越高
放风筝的老人,却逆着风越来越远

风中,他有一个转经轮
微细的线索,被舒展地放走

一个人把北方送至高远,把南方向后推移
风有些偏大,却不影响他的笃定

一个小人物,也似乎有管控太空的能力
而以前,我多么相信那里住着神灵

风翻书

经卷上有一页水
我没看清那位在风中
翻阅水面的先知

它面目上水雾起得大
嘴翕动,通过唇形
我判断出这是一句
繁体字组成的偈语
"生命是一个完整的仪式
我们浑然不觉"

诞生是错谬,是原罪
宽恕我这个始作俑者吧

风祷告

一粒水珠,领着它的族亲
在大江的版权页上占位

风的唇齿
继续一波一波地祷告

经年重复的常用词,和下滑音
逐渐失去了本义

而把喻意延伸给了我们
我也在祷告

我念出的风声
像是习习,也像是谢谢

风举叶

芭蕉叶上滚动的露珠,是我的一面之词
江风从未停息
却从未掀翻,这聚集的执念
低处的地热
沿着背脊上行,然后从暗纹上逸出

神秘的力量将它的阳面拔高
而我还在委顿

我很久很久,没有看到顶着芭蕉叶
在雨中奔跑的童子了

我很久
没看到我了

风中登高演习

天空是一种局限
我以前没有意识到

当我沿着这座山峰的虚幻攀援而上
我知道,风已经推举我很久了

所谓绝顶,是对这种局限的突破
风必然参与其中

我不断撞到无形
辽阔,由大量的失败构成

风和我,共同对死亡进行了试探
俨然是必不可少的演习

风递过来登云梯
下一步,我没想好去哪里

风的投名状

向云朵和云朵之上,呈交投名状
这需要大风

风把自己投送过来
我是捎带的一个包裹

大风也需要我,做一个第三人
世上真有所谓民间

而我并未理解大风的意思
我是懦弱的伪证

当风登临山巅,我也自报家门
——隐忍者,灵魂残疾人

在大风中,我没敢说自己是诗人
它才是

爱是风中秋千

暮色中的绿道上
人多了起来

两个中年人尝试解释一种玄学关系
类似蝴蝶效应
隔着一个大海,灾难也能找到你
所谓爱也是
缺少敬畏的游戏,将会带来飓风
他俩漫步时的交谈
被我窃听到
并令我一震

三三两两的人像是被黄昏逼出来的
也像是,被黑暗
领出来的
这些哲学家
善于在春天里发言

"爱就是风中秋千,不知道你该耽溺于快乐
还是该忧心于危险。"

风中有鲸飞行

万米高度

是阳光照耀着云朵,还是云朵吸附着阳光
都不重要
重要的是我得找到一个主语
来确认是谁骑着鲸在高处飞行

风有多远,天幕就有多蓝
鳍或者翼,伸进天意里
缓慢到看不见自己的移动
这是最好的航行

下一航班上的月亮,也像我这样旅行
并隔空
凝听日落

风从虎口穴来

这里叫虎口

当我试图用手掌握住浩大的江风
这个穴位就紧紧闭上
当我希望把江风中的一捧
转赠给你,这里就瞬间打开

孩子,你看见风了吗
就在我的虎口
向外冒

我把吹拂的意念,送给你
人世的风
不嫌我穷

哦,好吧,我们击掌
风将是一个盟誓

花径上我们带起微风

嗯,是的,你看到的我全身都是微风

风最轻盈的时候,像是在原谅谁
你最轻盈的时候像是在卸下风
我说我们慢点走

别带起多余的风。世上最好的风是在三月
不迅疾,也不涩滞
恰好能让月季花微微一动

这种向我们父女的致意,也刚刚好

风和我一起坐在长江边

不问来处,只问去处,对卷帙浩繁的自我史没有兴趣
更没有大师情结
不讲究内心,偶尔只有风暴眼,能形成风的记忆
而转瞬又会遗忘自己

我是那个为风撰写传记的人

薪火燃烧,而风本身并不足以有形,成为火焰
诗人围着风的骨血,流泪
某日,我穿过长江边的铁丝网
风和我一起坐了很久

更多的风聚集过来,像是有史以来就认识我

与风言

我愿意尊大风为贵族

它们来到江滩,和我坐在一起,是被流放来的
而不是被贬谪来的。它的王者气
和主宰欲很强。我从空气中闻出了它们

鹊鸟和我,都臣服于此时
风的威仪中

大风不知缘何而起,这才是对我的引领
全然没有侵袭和占领我的意思
可我低着头,头发被吹得像乱草

羽毛是羽族的献祭,在空中飘
我是人类,推出来的供品

——大风,容我说:我小有不洁
但语言令我净身

逐雨者

那个逃亡的人,顶着大雨在高架桥上快跑
远远看去,像是在逐雨

这场水的连续剧中,他撞破一帧又一帧影像
远远看去,像是在追剧

闪电剧透一下,惊雷又补一声,没有人询问
他为何要毫不停歇地深入雨瀑之中

跑着跑着,就跑成了一个人的奔袭
没有人注意到,他的外套里,藏着一个四岁的小女孩

为雨称重

三角梅的花朵,感受到了一滴雨的重量
它花托的天平微微荡了一下
硕大的雨珠,让花瓣的托盘差点造成侧翻

我视野里,重庆城最宽阔的江面
突如其来的阵雨,在南,我在北
微微感到自己的身骨被无形的膂力举了起来

定是长江需要最新的平衡
我的词语纷纷出来压秤

"亡灵",放上去,大河和我复又慢慢保持水平

躲雨人

我和小女孩进入隐云亭躲雨
丫鹊也在躲雨

我们相聚仅有两三米
雨水成为了父女—三者—众生的联系

春雨对万物深情,唯独对人类
有一点点薄凉

大雨落长江

大雨落在大江上,不是雨
是水雾

水线撞上水面,像一个人落入绝望
一点声息都没有

天水与地水相连
大雨很快就形成帷幔

有时候大美是大度
还是遮蔽

还有那么多前赴后继的珠玉
试图穿透巨大的迷阵

我躲在幕后
内心里的第一滴水,正在荡开一个圈

雨之善

这场雨,啪嗒啪嗒地敲击着人类的雨伞
落在丫鹊的羽毛上
却谦逊得毫无声息

雨的善
没有道理

雨来了

雨来了
那些面朝风向的人,额头上明显地感觉到
两三滴雨水的迎击

雨没有来啊
那些背对风向的人,尚未察觉微弱的雨意
他们还在抬头看天上的飞行器

我是那个换向的人
似有似无,真有真无,一切复杂不过倏忽

它们性情寒凉,我准备好了体温

雨的滴眼液

收集雨水的容器,小如小女孩清澈的眼睛

仰着头,睁眼,闭眼,抖动下眼皮
雨水的未来,是干净到足以成为滴眼液
天赐的温润,浸润开去

我也试了试自己的勇气,微微地疼
一滴雨瞬间化为散光

试雨人

有雨么？我们出门玩

在大河边，伸出一只小手
像在朝着上天索要回信
我也伸出一只枯瘦的手
向深远之处，发出生命的讯息

——那间隔五秒才飘下的无名水屑
和我们释放的信号
呼应上了

多么细微，多么内敛，多么像是没有
小女孩甚至看不到
这些天使是怎样在空中使用翅翼的
我们一次次地，摊开空虚的手掌

一老一少两个试雨人，掌心的生命线抖动成了闪电

檐下的雨很快形成一帘

一帘雨幕泼溅出了毛边,站在琉璃瓦下的人用语言的刀锋
不断地切……我躲在雨的屏风后,折叠雨
再把雨的两面性打开……雨的补遗,又像语感一样泅开

借雨人

有些绵密了,但尚未能破蓝
长江的这个春天,异乎寻常地干净
令我,也想减少一些心思里的杂质

它们是被滩涂借来的

而我在做那个劳碌的偿还者
怀着数清每一滴雨的愿望
我和这个无名的滩涂定有什么关系
没有来得及理清

那些窸窸窣窣的雨
下到细沙和淤泥上,像是落在我的窠臼里

雨打钢轨

雨点在打靶,偶尔,击中钢轨,交通线没有振荡
但是人心在位移。雨水消弭无形,它在反光
铁路无声地理解着陌路人,用苍凉

春雨浇灭了香头的火星

龙凤寺外,路边祭祀点

香火被突如其来的喜雨浇灭,那不是敬意在燃烧
是天水,来大地上燃烧
近乎于无的噗嗤声,是水燃烧后的一声叹息

雨小的时候,是劝诫,大的时候是扑灭
我们的敬畏、膜拜、缅怀和玄思需要选对时间
水化成了烟一缕,刚要开始缭绕,就逃逸,四散

超出了智慧,雨能管的闲事太多了

雨的关键词

几滴加粗的雨水,是这个阴天的关键词

落在安全帽上那一滴,和落在棕榈树叶上那一滴
隔着两个物种之间的距离,滑落在共同的河流边

天选就是这样,几粒碎银子,砸到谁就是谁

写 雨

汉语的象形文字,雨的原始艺术,雨的原始宗教

它用一个穹顶,藏着一滴,两滴,三滴,四滴
它的飞白里,还有无数滴
令我写下雨字的时候,顿笔很多很累

写行书的雨,中雨欲来,写草书的雨,大雨将至
写小楷的雨,微雨纷纷扬扬
狂草挥舞之前,先拔出狼毫里的灾情
暴雨如注,笔毛荡开
最后轻轻地挑起一滴雨,抑或一滴墨

把水珠,写成骨血

雨的布道

雨珠追赶着雨珠
仅仅依靠速度就实现了
重叠

它们并未依靠我的想象力来完成串联

而当它们慢下来
依旧依靠速度,完成分离
并断开时间

那时,我又觉得自己低估了灵魂的力量

最后静止状态的那一颗
悬在瓦沟子的边缘
从滔滔不绝的水的布道

回到真理闪光的本身

雨的预言

常年居住在山间的,乡下的鸟
何以有一只飞到了大河边

这是斑——鸠——,我说
为什么是斑——鸠——,她问

我没有办法告诉她:这只鸟是预言家
它的叫声是:掏沟堵水

我尊重它,不知疲倦地告诉少年的我
——天要下雨了

孩子,当你学会一声鸟语
就可以昭告一场雨了

可她,依然会对我的腹语
反问一句:为——什——么

一滴雨赶去长江照镜子

一滴雨被照出了投影,照出了荡漾
照出了玉碎的感觉,还照出了幽深的重瞳

它不允许阳光,同时去照
同一面大河的镜子
和我一样,它要照出自己

那丢失已久的骨头,和透明的黑暗

长江是巨大的雨刮器

长江,位于有雨和无雨之间
像个荡来荡去的雨刮器

暴雨被一忽儿扬过来,一忽儿还过去
此岸和彼岸,都笼罩在迷蒙中

一座大城的凸出来的几个半岛
都成了雨中的潜水艇

大河的秘密正在以水位的刻度
一点一点地提升

而南山附近高楼上的强光
仍然在穿透雾障

多像古典的狼烟啊
多像永恒中的永恒

雨 法

浩大的雨,要找到天地间有罪的人,施以黥刑
转过身来的时候,我已经被一层无色的雨膜,蒙面

挽留一颗雨珠

雨来，就是深呼吸，一次，多次
无限地吐纳

在不锈钢光滑的平面上，慢慢挪移，聚拢
独立，自足

像活在小女孩心中的名句
被挽留，反复引用

两个软件之间，雨符，实现了
感应式互传

我手中的毛巾，灵巧地避开了它
天地之间的系统太疲倦了

让无邪的液态，和尚未蒙尘的心
来刷新它们

雨 调

它有时口吃,东一粒西一粒,两粒之间隔了几秒
我只看见穹隆的喉咙在抽动
雨的口吻像极了我,悲悯时,说不出一个完整的字

雨花开

找个容器
——棕榈树的叶片,瓦的凹面,水牛的脚印
微小的容量,就够了
就可以看到雨珠溅开,白生生地
像花开,天光来时
还有你予取予求的色彩

实在找不到,自己有
掌纹即可
雨珠溅开,水花忽闪一下
比夜昙花的技艺更娴熟,更快

孩子,我只能,把等待雨花开的心境
遗传给你
一个凝神静气的穷人
看上去多么富足

第五辑

和长江聊天

击 浪

水往高处走,时间倒着流
你若孤独,就可违反真理

所以那些波浪推举着自身,向更高的滩上冲击
进,退,再进,再退……总有一些水的残部
对我身位下的长江石
完成了最后一击

我向背心后退一寸,一尺,一片,再退就是人间了
再退,就腹背受敌了

我听水半天,神情慷慨,却一句悲歌也没学会
而寂然,而迎浪击掌,一拍,两拍……簇拍,声若无

吃 水

和船一样,我也在用身体的空间,吃水

货轮笨拙,缓慢,堪比情感的负重
而飞艇轻灵,快捷
我的句子在长江表面如此打滑

想法太多,需一一寄走
困在生命之舱里,出不来

整个下午屈膝坐于江心石上,我在为自己的虚妄称重

洗 礼

用浪头洗手,用訇然大声洗手,巨大的河床
是春阳下的金盆

你不知洗手为何,亦不知该忏悔什么
大河愿配合你完成一个洗礼的仪式

你突然蹲伏下来,像一个委屈的水垢
久久地贴在江滩上,任经卷般的水,刷来刷去

七星洲

今日得闲,早行至双鱼洲,换个角度看江滩
眼前奇异的一幕出现了
七个小洲,各自顶着一丛细杂草
隐忍地匍匐在潭边

与天象没有呼应,排列没有规律
却一点不显得凌乱

一老翁坐在最尾部的小洲上
静穆,黯淡,刚完成对一身光芒的掩藏

明日若无他,我定去那里,把自己也替换成一枚恒星

栅 栏

栅栏内是芦苇地
栅栏外是大河,和天幕

我的心在新抽出的嫩芽那里
我的身体,却在上一个周末

以栅栏为参照,我没法给自己定位
不知自己隶属于时间还是空间

去年的芦苇活成今天的芦苇
得花更多的叶片证明自己的艰难

有一瞬,我身处栅栏之内了,与上天
有了木质的嫌隙

我成为的那株芦苇,正在接受光疗
被照彻,被拨亮,却毫无自知

花非花,果非果

三瓣,四粒,五束,不像花,不似果
你不敢确定,它是开花,还是结果
抑或是二合一

世事未必全喻以因果

长在泥水中,长在沙洲上,扁秆荆三棱
两栖的草
临水自拍影像,登陆可覆荒野

古装的背影静坐草丛中,风透过的野草全体回头

暮色中洗石头

两弯白石嵌进青石里，你要把石头洗出脸上的月光来
然后扔在浅水中
你可以把整片江滩辜负个遍

漫润在水中的石头有万种面影，波纹浮动时
影影绰绰，随手抓一块都是陛下
冠冕上晃动着骨节般的珠子

向大河称臣的，还有更圆润的那轮天上月
它早熟，直逼落日

白给自己看

青草地上着白衣,宛如孤鹤迷路
你得将自己放进远景里,和它处于不同时区

你在水北,它的天南,你们的飞翔里有一个相同的数字
和野草尖上的纬度,趋近,重叠

一袭不舞,众羽凌落
满身的轻纱的吸水性那么好,淡墨几点的长空一忽儿就清朗了

独 鹳

它用江天对我成像,并懒得理我
仍飞过我身侧
它眼睛的清澈我无法看清

依靠语言的触感
去凝视
一只水鸟对我的突袭,和扑面而来的消逝

我为鱼,屈从光学,只对水色和草色敏感
天敌对我
堪比儿戏

绕过我,放过我,折辱我……只因它的晶状体里有虹
而我,构成虹

有小雨半边天,有独鹳满天

圆 晕

天阴，潭暗了些
几个小孩在搅水

小片水，第二层涟漪就可进入圆晕
渐渐地，扩展见不到了
余势还在心里一圈一圈

一切都不想停歇
钓翁无钩静坐，潭中空明还是浑浊
与心态无关

只有惯性，把人的思想从肉体里推出来
一直放大，而我浑然不觉

空天见底，水见幻觉，我见我的无限

尽 头

是路没有尽头,还是草地没有尽头

江水在此
你不想把自己的尽头,从最后一棵狗芽根草那里收回来
你在尽头里赶路

没有痕迹,路只是内心的目的

当你标靶尽失,大河寂寂没有提示
为何还要在自己的脚印里溅水
决然前行

却没挪动半步

闭眼,禁足,死亡很远
转身向射来的暗箭问路还来得及

聊个天

我得把江水的话,语音转文字

嘈杂,语焉不详
努力译出的,仅仅是一个语气词
"噢……"下游说

"唉……"赶向桃花汛的鱼嘴
正在叹气

我努力想回复大河和水族什么
一不小心,错按了返回键

冰块"嘎嘣";我那开裂的半颗门牙紧了一下
河山万里,"安好"不易

咬碎自己,也要祝福。下一句该拉家常了

取 水

清晨,去长江取水,手掌大的石凹里
刚好够塑料水枪一次吸满

中午再去,这里又贮存了一汪
似乎江水可以穿透巨石,进入这微缩的内湖

黄昏,它依旧清亮,我已不敢再触碰神迹
除了我,没人留意到它

这水的自然生长,令我决心自救
把生命中的亏欠补上

明日晨起,世界看我是满盈的,澄明的
旭日浸在我的荡漾中

草地上搭起最早的帐篷

今天搭起江边的第一顶帐篷
已经习惯更早进入青草们中间

寒暄,耳语,问被践踏的那株
昨夜是否痛到失眠

弓着身子的沙棘,用筋骨存世
寥寥数片细叶在晨风中翻卷

王者的晨省是孤寂的,它此刻
只被河谷的南风宠着

我在它们前倾的方向上信步
最近尤喜这一公里的漫游

你所看到的诗人正在放弃叙述,情节消失
天地间独留空篷轻荡

石 鲸

大石头一波一波地延伸至江心
它们有了水的形态
和优雅
领头的那块,最先隐入暗浪里

带着大陆的劝慰
它们推动着脉象
像一个鲸头,领着一串椎形的骨头

鱼跃的动态,是静止的
每块石脊上可乘坐两人
小女孩带着我
仿佛要去渡江

我们缄口,无声,水面起伏
分明是石之鳍,在身侧不停拍打河流

鱼眼石

一大一小,两块弯曲的鱼形石头
各天生一只凹陷的眼睛
小女孩的半瓶江水倒进去
它们就活了

她捕获的鱼鳅,也可放进去
蜷曲着,在眼眶里转动
瞳孔一般
与天空对视

小石鱼曲身在大石鱼怀里
大神庇护着它的小神
浅滩上的石头都是游动的

从辰时游到酉时,从晨曦游到暮光

一瓶水的仪式

大水磨损着自己,我的骨头磨损着我的关节
每天近两万步
是两滴水靠拢的距离
而长江是永恒的单程票,我在徒劳地逆反

白浪散开,疼痛也散开,这春阳下的弥撒
预示着我们终将离开

然而仪式是辽阔而盛大的
手握空水瓶,我从沙地行至江水边缘
又折返,盛满江水
像在"破域",踏遍人世的东西南北角

一瓶水洒落下去,苦难遁于无形
唯有干净的绿石暗自反光

沙 泉

沙地上冒出的地下水,流进低处的小潭
差一步弹跳
就可越级,略过小溪和小河
直接连通长江

茅草趁春日疯长,就要掩藏好泉眼了
三岁小儿艰难地穿过浅浅的地缝
靠近它
他的小手掬不起一捧,可眼里的惊喜
满是清水意

潭外是逐渐扩大的江湾,大河迎迓小泉
尽可能用了最大的虚怀
平缓的江面上,倒影下了对岸的整个半岛

蟹 屋

松动的沙缝里,藏着小蟹
它们建在里面的行宫,圆润,内壁光洁
宜假寐,宜放空

它们洞口如银币
穿过密道,遁入之后
关闭一孔天光,即可自封为神

一个童子手伸入内,随意即可带出一只迷思的蟹
瞬间的惊惶是木然的
掎角之势,还来不及形成

一个大师,用睡姿细细打磨着光阴